Charlotte Niese

Das Tagebuch der Ottony von Kelchberg

Verone

Charlotte Niese

Das Tagebuch der Ottony von Kelchberg

1st Edition | ISBN: 978-9-92500-196-5

Place of Publication: Nikosia, Cyprus

Erscheinungsjahr: 2016

TP Verone Publishing House Ltd.

Reproduktion des Originals in Großdruckschrift.

Charlotte Niese

Das Tagebuch der Ottony von Kelchberg

Erstes Buch

Im Monat Juni 1789.

Die Demoiselle Kuntze hat sich in den Ehestand begeben, und Tante Amelie kann keine Lehrerin für mich ausfindig machen. Daher hat sie mir befohlen, jeden Tag ein weniges aufzuschreiben von dem, das ich erlebe. Sie sagt, dass solche Beschäftigung niemals schaden kann, und dass ich ohne Furcht meine Gedanken dem Papier anvertrauen solle, da sie meine Aufzeichnungen nicht lesen werde. Dies glaube ich von der Tante, da sie sehr aufrichtig und gut ist. Weil ich sie liebe, will ich also mit ihr zuerst beginnen. Tante Amelie heißt Fräulein von Montmédy und ist im Rheinlande zu Haus. Die Burg ihrer Väter ist leider zerstört, und sie hat wenig irdische Güter, daher sie das Anerbieten des Fräuleins von Ahlefeld angenommen hat, bei ihr in der kleinen Stadt Plön zu wohnen, in der besagtem Fräulein Ahlefeld ein Haus eignet.

Fräulein Ahlefeld und meine Tante haben sich irgendwo draußen im Reiche kennengelernt, auf einer Reise; nun haben sie sich sehr lieb und wollen sich ungern wieder trennen. Zuerst war meine Tante zu stolz, alles von der Freundin annehmen zu wollen, dann aber schrieb sie an ihren Bruder in Paris, und dieser sendet ihr jetzt immer eine kleine Rente, sodass sie etwas für

1

sich allein hat und mich zu sich nehmen konnte, als die guten Nonnen von Bacharach schrieben, sie könnten mich nicht mehr behalten. Meine Eltern, der Baron Kelchberg und seine Gemahlin, eine Montmédy, sind nämlich lange tot, und einige Verwandte, die nicht recht wussten, wohin mit mir, schickten mich ins Kloster, wo die guten Nonnen sehr lieb an mir handelten, wenn sie auch manchmal über meinen weltlichen Sinn seufzten. Wenn ich gewollt hätte, würden sie vielleicht ein Nönnchen aus mir gemacht haben, aber zum beständigen Beten hatte ich keine Lust; und dann war ich auch sehr arm. Die Nönnchen aber wollen doch eine Aussteuer für die, die sich dem heiligen Berufe widmen möchten. Dann lachte ich auch einmal über des Beichtvaters rote Nase: genug, ich bin mit einem reisenden Kaufmann, der nach Hamburg fuhr, in diese Stadt gesandt worden, und von dort hat mich Mosjöh Fuchs nach Plön gebracht.

Mosjöh Fuchs ist Peters Vater, und Peter fragte mich gestern, ob ich ihn nicht heiraten wollte. Ich war abweisend; denn erstens bin ich erst eben vierzehn Jahre alt, und Peter ist sechzehn, und dann würde ich auch nicht gern eine Madame Fuchs werden. Bin ich doch eine Baronesse Kelchberg und habe einen reinen Stammbaum. Peter lachte, als ich ihm dies erwiderte. Er sagte, dass ich blutarm wäre und mich freuen müsste, überhaupt einen Mann zu bekommen; und dann wollte er auch sehen, ein berühmter Mann und sehr vornehm zu werden.

»Es wird bald Krieg geben, und dann werde ich General oder gar ein Herzog!«

So prahlte er, und ich musste lachen. Wer keine Ahnen hat, der wird kein Fürst, und es ist überall tiefer Frieden.

»Mein Vater sagt, die Welt ist unruhig«, schwatzte Peter weiter. »Da ist mein Onkel in Frankreich – er nennt sich Renard und wohnt in der Weinstadt Rheims. Der schrieb neulich einen langen Brief, und der Vater machte ein sehr nachdenkliches Gesicht dazu!«

Hier konnte ich ihm nun entgegnen, dass mein Onkel, der Marquis von Montmédy, der in Paris in der Nähe des Königs wohnt, meiner Tante gleichfalls einen Brief geschrieben habe, und dass darin nur von Vergnügen stand und davon, dass das Leben noch angenehmer sein würde, wenn es nicht Zwicken im Bein und Gliederschmerzen gäbe.

Da wandte sich Peter von mir ab, nannte mich eine dumme Liese und ging in seinen Garten. Ich bin ihm böse, denn ein adliges Fräulein ist keine dumme Liese, und ich will lange nicht mit ihm reden. Ihn auch nicht heiraten, was für ihn eine zu große Ehre wäre.

Sein Garten liegt dicht neben dem Unsrigen. Es stehen Obstbäume darin, die im Frühjahr herrlich blühten, und jetzt schimmern die Beete rot von Erdbeeren. Wir haben keine, und wenn ich gut Freund mit Peter bin, dann krieche ich durch die Hecke und pflücke so viele Früchte, wie ich nur essen mag, aber wenn ich ihm böse bin, dann will ich ihm diesen Gefallen nicht tun. Denn es ist doch eine Ehre für seine Erdbeeren, wenn ein adliges Fräulein sie gern essen mag.

Andern Tags.

Tante Amelie rief mich, und ich musste mit ihr ein Kleid betrachten, das ihr gehört und das für mich geändert werden soll. Es ist hellbraun mit kleinen schwarzen Punkten darin, und ich finde es sehr gräulich. Aber ich darf nichts sagen, da ich sonst keine neue Robe erhalten würde. Das geht nicht, da ich doch auch manchmal aufs Schloss geladen werde, wo der Herzog Peter wohnt. Denn es gibt hier wirklich ein Schloss, das auf einem Hügelchen liegt, und darinnen wohnt der Herzog. Er ist aus dem fürstlichen Hause Oldenburg und ein sehr guter Mann. Aber Peter Fuchs behauptet, dass er keinen ordentlichen Verstand hätte und deshalb hier nach Plön geschickt wäre, wo er keinen Schaden stiften kann. »Aber,« setzte der dumme Junge hinzu, »die Fürsten haben meistens keinen Verstand, und das schadet nichts. Dann richten sie weniger Unheil an.«

Er berichtete, dass der König, der über Holstein regiert – er wohnt in Kopenhagen – auch keinen Verstand hätte, und dass sein Sohn für ihn regieren müsste.

Solche Reden liebe ich nun nicht, denn ich weiß, dass Peter gewöhnlich hinzusetzen wird: »Der Adel ist meistens auch dumm, und deshalb muss er abgeschafft werden!« Über diesen Punkt erzürne ich mich immer mit Peter. Aus ihm spricht nur der Neid, weil er kein Adliger ist – aber wenn ich dies sage, wird er böse, wie ich zornig werde, und wir nehmen uns immer vor, nie mehr miteinander zu sprechen. Dann tun wirs am anderen Tage wieder. Ich aber nur, weil ich sonst keinen Menschen habe, mit dem ich mich unterhalten könnte. Dieses aber behalte ich natürlich für mich.

* * *

Mein braunes Kleid ist von der Nähterin fertiggemacht worden und nicht so schlimm, wie ich fürchtete. Ich habe noch ein weißes Fichu dazu erhalten, und als wir am Nachmittage aufs Schloss zur Kartenpartie gingen, stand ich eine Weile vor dem Spiegel. Ich habe blonde Haare, eine weiße Haut und hellbraune Augen. Meine Nase ist ein wenig gebogen, und mein Mund ist klein. Peter Fuchs stand plötzlich hinter mir und lachte über mich.

»Du Hast ein zu spitzes Kinn!«, sagte er, »und deine Ohren sind zu rot!«

Was nur daher kam, weil ich überhaupt errötete. Mit unbescheidenen Menschen umzugehen, ist sehr schwer, und ich sagte es ihm ordentlich, worauf er nur die Achseln zuckte und mir einen Brief für Tante Amelie gab, den sein Vater für sie aus Hamburg mitgebracht hatte.

Aber Tante Amelie fand keine Zeit zum Lesen, weil der Kammerherr von Treusch gerade in die Tür trat und fragte, ob er die Damen aufs Schloss begleiten dürfte. Meine Tante wurde rot, sagte aber, dass sie die liebenswürdige Gesellschaft mit Vergnügen annähme, und Peter stieß mich so in die Seite, dass ich beinahe »Au!« geschrien hätte. Aber ich tat es nicht, weil ich innerlich lachen musste. Diese zwei alten Leute, der Kammerherr und meine Tante, lieben sich nämlich. Er ist vierzig und sie achtunddreißig; beide sollten mit dem Leben abgeschlossen haben, aber Peter sagt, dass sie sich heiraten würden, wenn sie die Mittel dazu hätten. Er hat einmal im Schlosspark hinter den Bäumen gestanden und gehört, wie die zwei von ihrer großen Liebe gesprochen, aber auch geseufzt haben, dass sie sich ohne Heiraten weiter lieben wollten. Peter sagt, dass diese Unterhaltung beinahe rührend gewesen wäre, ich aber finde es nicht rührend, wenn alte Leute verrückte Gedanken haben. Und wenn ich den Kammerherrn jetzt sehe, finde ich ihn töricht.

Jetzt also ist die Tante mit ihm voran durch die enge Straße dem Schlossberg zu gegangen und Peter mit mir hinterher. Denn es ist schrecklich zu berichten, aber Mosjöh Fuchs mit seinem Sohn werden auch vom Herzog nachmittags zur Spielpartie geladen, obwohl sie nicht hoffähig sind.

Peter lachte wieder unangenehm, als ich ihm zuerst mein Erstaunen über diese Sonderbarkeit ausdrückte, und erwiderte, dass sein Papa dem Herzog Geld liehe und für seine fürstliche Gnaden eine viel wichtigere Persönlichkeit wäre als zum Beispiel eine gewisse Ottony von Kelchberg. Nun sage ich nichts mehr und finde mich seufzend in die rauen Sitten eines barbarischen Landes.

Heute musste ich überhaupt Herrn von Treusch betrachten und meine Tante. Der Kammerherr ist klein und zierlich, trägt eine kleine weiße Perrücke und nimmt sie gelegentlich in die Hand. Dann hat er graublondes Haar, einen schmalen Kopf, große, helle Augen und eine gerade Nase. Im Ganzen ist er so übel nicht, besonders wenn er seinen guten grauen Samtrock mit der Silberstickerei trägt und die Weste mit den langen Schößen. Das aber ist sein bester Anzug, und er muss ihn schonen, weil sein Gehalt nur klein ist und er kaum davon leben kann. Zwei Zimmer bewohnt er im Schloss, und die sind sehr einfach eingerichtet. Nein, er kann nicht heiraten und meine gute Tante gleichfalls nicht. Der Marquis, ihr Bruder, schickt ihr nur so viel, dass sie anständig leben kann. Peter weiß es von seinem Vater, und ich kann den Onkel nur loben. Damen in Tante Ameliens Alter dürfen keine Heiratsgedanken mehr haben: Damit machen sie sich lächerlich. Im Übrigen macht Tante Amelie noch einen recht konservierten Eindruck. Ihr Haar ist nicht grau, und ihre Augen blicken hell und freundlich. Sie ist groß und schlank, und wenn sie lacht, zeigt sie zwei Grübchen, die ihr nicht übel stehen. Peter sagt auch, sehr alt schiene sie nicht zu sein, aber Frauenzimmer wären oft trügerisch und schminkten sich, um jung zu erscheinen. Dies tut Tante Amelie nun wirklich nicht; aber ich erwiderte nichts auf Peters Reden. Im Grunde hat er recht, solche alten Leute sollten keinen Anstoß erregen und sich nicht verliebt anblicken.

Sie taten es wirklich, sogar in Gegenwart der Durchlaucht, die heute, wie meistens, in guter Laune war und allerhand Witze machte. Sogar mit Mosjöh Fuchs, den er Füchslein nannte und auf die Knie schlug, welche Huld der Mosjöh damit erwiderte, dass er beide Hände in die Rocktaschen steckte und dazu den Kopf schüttelte. Gerade als wollte er nicht tun, was der Herzog wünschte. Der aber lachte noch mehr und rief den Lakaien, dass er Schokolade brächte. Mosjöh Fuchs erhielt die beste Tasse und nahm sie mit großer Eingebildetheit. Aber als der Herzog nachher mit ihm allein sprach, schüttelte er wieder den Kopf, eine Bewegung, die sich vor einer fürstlichen Persönlichkeit nicht ziemt.

Aber der Herzog nahm nichts übel, war über alle Maßen gnädig, und endlich schüttelte Herr Fuchs nicht mehr den Kopf, sondern griff in die Tasche.

Dann spielten die Herrschaften Karten, während Peter und ich nach der Schokolade – sie war sehr dünn – im Park spazieren konnten. Dieser Schlosspark gefällt mir gut. Er liegt am großen Plöner See, hat lange Baumreihen, verschnittene Hecken mit Figuren darin und dann auch Rosenbüsche, in denen die Nachtigallen singen. Wenn man in einer Rosenlaube sitzt und die Vögel singen hört, wird man ein wenig gerührt, und ich habe es geschehen lassen, dass Peter mich küsste und von unserer Hochzeit sprach. Er hat mich »kleine Puppe« genannt und versprochen, mich auf Händen zu tragen.

»Aber du kannst mich ja nicht ernähren!«, sagte ich, worauf er mich sehr ernst ansah.

»Denkst du immer an diese hässlichen Dinge? Wenn ich dich heirate, werde ich dich schon ernähren. Mein Vater ist reich, und auch ich werde mein Brot verdienen. Drei oder vier Jahre können wir noch warten. In der Zeit bin ich viel geworden!«

Ich wollte erwidern, dass drei oder vier Jahre eine lange Zeit waren, schwieg aber lieber. Die Rosen dufteten so stark, und die Nachtigallen sangen.

Dann aber wurden wir gerufen, und Mosjöh Fuchs ging neben Tante Amelie nach Haus. Er fragte sie, ob sie den Brief aus Frankreich schon gelesen habe, und meine Tante erwiderte, dass sie noch nicht zur Ruhe gekommen wäre. Der Mosjöh stützte sich auf seinen Stock und zuckte die Achseln.

»Ich hoffe, dass Sie, gnädiges Fräulein, keine unangenehmen Nouvellen von Ihrem Herrn Bruder empfangen mögen, da es in Frankreich nicht gut aussieht, und das Volk stark irritiert ist.«

Tante Amelie machte große Augen. Sie war vorhin Hand in Hand mit dem Kammerherrn gegangen – ich hatte es gesehen. Nun erwiderte sie freundlich, dass sie immer gute Nachrichten von ihrem Herrn Bruder erhielte, und dass er ihr heute sicherlich wieder von den Festlichkeiten schreiben würde, die er am Hofe des Königs mitmachen durfte. Sie berichtete dann, was sie immer gern erzählt: nämlich, dass ihr Bruder eine reiche Dame in Frankreich geheiratet habe und dadurch in einer sehr angenehmen Lage wäre. Er ist in jungen Jahren an den französischen Hof gekommen und hat dort sein Glück gemacht. Leider ist seine Gemahlin vor einigen Jahren gestorben.

Mosjöh Fuchs kennt diese Erzählungen, hört aber immer wieder zu. Er hat nichts dagegen einzuwenden, dass wir einen reichen Verwandten in Paris haben, aber heute beginnt er von Politik und vom französischen König zu sprechen, an dem er einiges auszusetzen hat. Auch sein Sohn Peter vergisst, dass er mich eben geküsst hat und berichtet nur, dass die Königin Marie Antoinette nichts tauge und das Volk sie hasse. Die Königin geht mich nichts an. Aber ich finde es unfreundlich, Übles von ihr zu sprechen, da mein Onkel in ihrer Nähe weilt. Also antwortete ich höhnisch, dass Bürgerliche sich hüten sollten, über vornehme Leute zu urteilen. Da haben wir uns also wieder veruneinigt. Den Peter will ich sicherlich nicht heiraten.

Juli.

Eine ganze Woche nicht geschrieben, und ich werde lange nicht wieder an mein Tagebuch gehen können. Wir reisen nämlich nach Paris, und ich freue mich so sehr, dass ich manchmal nicht schlafen kann. Ich soll den König sehen, die Königin, den Hof, Paris. Tante Amelie weinte zuerst, dann aber tröstete sie sich auch. Wenigstens merkt man ihr nichts mehr an.

Aber nun will ich alles berichten. In dem Brief von Paris schrieb mein Onkel, dass Tante Amelie ihn besuchen sollte, und mich dürfte sie mitbringen. Wenn ich ihm gefiele, wollte er mich verheiraten. Tante Amelie wollte nicht, dass ich diesen Satz lesen sollte, aber ich bin an den Brief gegangen, als sie aus dem Zimmer gerufen wurde, und ich habe alles gelesen. Weshalb auch nicht? Ich komme doch jetzt in die vernünftigen Jahre, und schließlich muss meine Familie mich standesgemäß verheiraten. Peter habe ich nichts davon erzählt. Ich war gespannt, was er zu der Nachricht unserer Reise sagen würde, aber er blieb sehr ruhig.

»Geh du nur nach Paris!«, sagte er. »Da wird dir die Zeit nicht lang, bis ich dich hole, übrigens werde ich auch wohl nach Frankreich zu meinem Onkel gehen und dann nach der Hauptstadt kommen. Ich denke mir, dass man dort allerhand erleben kann.«

»Vielleicht wird der König abgesetzt, und du kommst an seine Stelle!«, sagte ich mit angenommenem Ernste, worauf Peter Fuchs seine blitzenden Augen auf mich richtete.

»Wer weiß, kleine Puppe, was noch wird! Vielleicht kriege ich noch einmal ein kleines Königreich, und du wirst meine Königin. Aber vielleicht suche ich mir dann eine hübschere Prinzessin: eine, die nicht so unausstehlich ist wie du!«

Ich wollte ihn schlagen, da nahm er mich in die Arme und küsste mich. Als er mich wieder losließ, weinte ich. Peter ist sehr frech, aber ich fürchte, dass ich mich nach ihm sehnen werde. Besonders, wenn mein Onkel nicht gleich einen passenden Mann für mich hat.

Die Plöner sind aufgeregt, dass wir wegreisen. Der Herzog hat uns eine Schokolade gegeben und dabei viel von den Franzosen gesprochen, denen er nichts Gutes zutraut. Er sagt, wenn er König Ludwig wäre, würde er es anders machen. Aber bald vergisst er die Franzosen und will seine Kartenpartie haben. Herr von Treusch ist sehr blass und scheint mit jedem Tage magerer zu werden. Aber Tante Amelie hat ihm versprochen, bald wiederzukehren. Ihr Bruder hat sie auch nur auf ein Jahr eingeladen. Seine Gesundheit ist wankend, und sein Hauswesen scheint nach dem Tode seiner Frau nicht mehr sehr in Ordnung zu sein. Nun wünscht er den Besuch seiner Schwester, und sie ist natürlich verpflichtet, seinen Wunsch zu erfüllen. Es ist auch ein großes Glück für sie, eine solche Reise machen zu dürfen, und über allem Schönen, das sie sehen wird, kann Herr von Treusch bald vergessen werden. Jedenfalls ist es ihre Pflicht, sich keinen lächerlichen Träumen hinzugeben.

Auch Fräulein von Ahlefeld fällt es schwer, sich von der Freundin zu trennen. Die zwei Damen haben friedlich zusammengelebt; und wenn Fräulein von Ahlefeld nach Itzehoe reiste, um dort in dem Damenkloster einige Monate zuzubringen, dann hat Tante Amelie ihr dies Haus in Plön verwaltet und behütet. Nun muss sie sich nach einer anderen Freundin umsehen und schilt auf die Franzosen, die doch keine Schuld haben. Aber so sind die Menschen: Sie müssen immer unzufrieden sein. Ich bin es nicht: Ich freue mich auf die Reise und darauf, dass ich wieder in ein katholisches Land komme. Denn ich bin einmal katholisch und mag nicht immer unter Ketzern leben, wenn sie auch mehr Religion haben, als ich ihnen zutraute. Jedenfalls hat diese ketzerische Religion das Angenehme, dass man eine Klosterdame sein und doch heiraten kann. Fräulein Georgine erklärt allerdings, dass sie nicht so verrückt sein und noch heiraten würde; aber wenn ich Tante Ameliens blasses Gesicht sehe und höre, wie ihre Stimme zittert, wenn sie mit dem Kammerherrn spricht, dann traue ich auch der Klosterdame allerhand Törichtes zu.

Herr von Treusch wird uns nach Hamburg begleiten, wo er etwas zu tun hat. Von dort nehmen wir einen Wagen, der uns allmählich in das schöne französische Land führen wird. Mosjöh Fuchs besorgt alles. Er weiß von einigen Hamburgern, die nach Paris wollen; da schließt man sich zusammen, erstens der Ersparnis wegen und dann auch, weil es noch überall Räuber geben soll. Ich möchte ihnen wohl begegnen, aber Peter Fuchs sagt, solchen Unsinn sollte ich mir nicht wünschen, besonders da er mich nicht begleiten kann. In diesen letzten Tagen ist er recht unleidlich gegen mich. An allem, was ich sage, hat er etwas auszusetzen. Nun, ich lasse ihn gewähren. Von dem Satze in meines Onkels Brief ahnt er nichts. Er soll meine Vermählung auch erst erfahren, wenn sie vollzogen ist. Hoffentlich ist es ein Herzog, mindestens ein Marquis! Dann heiße ich Madame la Marquise, und wenn ich wieder nach Plön komme, dann trage ich nur seidene Kleider, bin schneeweiß gepudert und esse nur den feinsten Braten, den schönsten Kuchen. Ich freue mich wie ein Kind!

Paris im August.

Nun sind wir schon vierzehn Tage in Paris, und ich suche mein Tagebuch wieder heraus. Immer kann man doch nicht Tanzstunde haben und Französisch lernen. Koralie spricht sehr gut, natürlich, aber sie ist auch eine Französin, Onkel Montmédy braucht sie mir nicht gerade täglich als Beispiel zu nennen. Ich verstehe überhaupt nicht, dass er so freundlich gegen sie ist, da sie doch nur meine Kammerjungfer ist. Ich kann sie auch nicht hübsch finden. Sie ist viel kleiner als ich, hat schwarze Haare und runde schwarze Augen, ein verschmitztes Lachen und kleine, weiße, spitze Zähne. Wie ein kleines Raubtier kann sie aussehen, und ich sage es ihr täglich. Aber dann spreche ich Deutsch mit ihr, und das versteht sie nicht. Abscheuliche Sprache, dies Französisch! Dabei so schwer, und mein Akzent übertrieben gewöhnlich. So wenigstens sagt der Onkel Marquis, und ich darf ihm keine Antwort geben, wie ich wohl möchte. Den Herrn Onkel habe ich mir anders vorgestellt. Es ist kaum zu glauben, dass er ein richtiger Bruder von Tante Amelie, von meiner verstorbenen Mutter ist. Von meiner Mutter weiß ich nicht mehr viel: nur, dass sie sehr gut und sanft war. Ebenso wie Tante Amelie, die immer gütig ist und niemand ein unfreundliches Wort sagen kann.

Der Onkel Montmédy ist ein mittelgroßer schlanker Herr mit einem kleinen, hochmütig getragenen Kopf, mit stahlharten Augen, glatt rasiertem Gesicht, schmaler Nase, spöttischem Mund. Mit Tante Amelie spricht er noch Deutsch, aber man merkt, dass es für ihn eine fremde Sprache ist. Den längsten Teil seines Lebens hat er Französisch gesprochen; dass seine Wiege jenseits des Rheins stand, weiß er kaum mehr. Als Tante Amelie vor ihm stand, schien er sich zu freuen. Mir reichte er eine schmale Hand, voll von kostbaren Ringen, und er schien erstaunt, dass ich sie ihm nicht küsste. Aber ich küsste doch auch nicht dem guten Herzog Peter die Hand, ich glaube, der hätte sich sehr gewundert.

Der Onkel betrachtete mich lange durch ein Augenglas, sagte einige Worte, die ich nicht verstand, und rührte eine silberne Glocke. Als Koralie eintrat, ließ er mich von ihr in mein Zimmer bringen.

Das liegt im zweiten Stock und ist hübsch eingerichtet. Ein großes Bett steht darin, feines Waschgeschirr, ein kleines bequemes Sofa. Durch das Fenster sieht man in den grünen Garten. Onkels Haus liegt nämlich mitten in einem Garten, der von einer hohen Mauer umgeben ist. Das Haus hat große Räume und gewebte Tapeten, die man Gobelins nennt. An den Wänden hängen Ölgemälde, und kostbare Mobilien stehen in den Zimmern. Bei Tisch kommen manchmal silberne Teller und Schüsseln, und jeden Tag wird Wein getrunken. Tante Amelie wohnt neben mir. Ihr Zimmer ist größer und viel prächtiger eingerichtet, als das meine. Sie schüttelte ein wenig den Kopf, als sie es zuerst sah: Aber sie hat sich natürlich in diese Pracht gefunden. Sie ist übrigens nicht viel darin. Onkel Marquis braucht sie zu seiner Gesellschaft. Er klagt über seine Gesundheit und sagt, dass er nicht mehr so viel ausgehen möchte wie früher. So also muss Tante Amelie neben ihm sitzen, eine Stickerei machen und mit ihm sprechen. Ich dagegen hätte viel freie Zeit, wenn nicht dieser langweilige Abbé wäre, der mich Französisch lehren muss, und der Tanzmeister, bei dem ich Verbeugungen und Tanzschritte machen muss. Koralie nimmt die Tanzstunden mit mir: Sie ist viel graziöser als ich, aber sie bekommt den Tadel, und ich das Lob. Bei dem Abbé muss ich jetzt meine Reise beschreiben. Eigentlich ist nichts daran zu beschreiben. Der Wagen schaukelte sehr, zweimal fiel er um, und die Nachtquartiere waren erbärmlich. Die Hamburger Herren sprachen wenig und dann meistens mit Tante Amelie, die recht traurig war. Der Abschied von dem Kammerherrn ist ihr sehr schwer geworden, und obgleich ich diese späte Liebe einen Wahnsinn finde, so habe ich doch nicht hingesehen, als sich die Zwei zum letzten Mal die Hände gaben. Die Hamburger Herren müssen gleichfalls etwas bemerkt haben, sonst wären sie vielleicht nicht so freundlich gegen die Tante gewesen und hätten sich mehr um mich bekümmert. Allerdings habe ich dem einen gesagt, ich könnte Hamburg und seine Pfeffersäcke nicht ausstehen: Aber ich meinte es mehr im Scherz, und er brauchte es nicht übel zu nehmen. Einige Menschen können aber keinen Spaß verstehen.

In Frankreich wurden die Wege besser, aber wir sahen viele Bettler, und die Dörfer, durch die wir kamen, waren armselig. Hier soll manchmal Hungersnot sein, und Räuber gibt es auch. Wir haben keine gesehen; in

Aachen nahmen wir eine junge Französin in den Wagen, die auf uns wartete. Ihr Vater ist Parlamentsrat und ein Bekannter vom Onkel, obgleich er nicht adelig ist. Er heißt Renaud und die Tochter Cécile. Sie ist jünger als ich, aber sehr lieb und gut. Wenn sie auch nicht zum Adel gehört, so will ich sie doch als Freundin behalten.

Nun will ich über diese Reise einen Aufsatz machen, und Koralie muss mir helfen.

Ende August.

Der Abbé hat meinen Aufsatz sehr gelobt, und Tante Amelie las ihn dem Onkel vor, der mir hinterher ein freundliches Wort sagte.

»Im Allgemeinen war deine Arbeit nicht schlecht«, sagte er. »Es waren aber noch manche Fehler darin, die du dir abgewöhnen musst. Auch musst du nicht von Cécile Renaud sprechen, als wäre sie weniger vornehm als du. Das ist nicht graziös.«

»Aber sie ist doch nicht von Adel!« entgegnete ich, und der Marquis nahm langsam eine Prise Schnupftabak.

»Mein Kind, du kannst dich daran freuen, dass du von altem Adel bist, aber du musst nicht davon sprechen. Das klingt eingebildet und ist nicht artig gegen deine Freundin! Unsere Vorzüge sollen wir für uns behalten!«

Dies verstand ich nicht, aber der Onkel sprach schon von anderen Dingen. Er fährt in diesen Tagen nach Versailles, und Tante Amelie begleitet ihn vielleicht. Der Hof wohnt nämlich in Versailles, und dort tagt auch eine Nationalversammlung, die dem König beistehen soll, gute Gesetze zu machen. Der Onkel gehört zum Hause des Königs, und er muss sich gelegentlich bei ihm zeigen. Für das Hofleben hat er sonst nicht mehr viel übrig; der König liebt es mehr, auf die Jagd zu gehen und Schlosserarbeiten zu machen, als irgendwo steif zu stehen und Audienzen zu erteilen. Aber ich möchte ihn wohl sehen und auch die Königin und die Kinder, aber der Onkel nimmt nur die Tante mit. Er hat viele Freunde am Hofe, und Tante Amelie kann einen von ihnen besuchen, bis ihr Bruder wiederkommt.

Anderen Tags.

Der Onkel und Tante Amelie sind in einer großen Kalesche mit gepuderten Lakaien weggefahren, und ich bin allein im Hause mit Koralie und den Dienstboten. Zuerst weinte ich; aber Koralie sagte, sie wollte mich schon trösten. Manchmal ist sie wirklich ganz nett, und sie hat mir jetzt das ganze Haus gezeigt. Im Kellergeschoss bin ich noch nicht gewesen. Nun führte sie mich in die große Küche, in die Räume, wo die Dienerschaft wohnt und die Vorratskammern sind. Hier gibt es eine alte Köchin, die mit drei anderen Mädchen die Küche besorgt; der Kammerdiener Charles hat ein schönes Zimmer, und die anderen Dienstboten sind gleichfalls gut untergebracht. Alle waren sie freundlich gegen mich, als ich hinunterkam. Die Köchin fragte gleich, ob sie mir Sauerkraut kochen sollte oder Leberwurst. Ich dankte für beides und bat um Geflügel, worauf alle sehr lachten und durcheinandersprachen. Sie meinen, Deutsche leben von Sauerkraut und Leberwurst.

Den Kammerdiener Charles kenne ich natürlich schon gut, weil er bei Tisch bedient und meistens um den Onkel ist. Er ist schon ältlich und hat Augen, die immer seitwärts blicken. Aber er ist höflich wie die anderen.

Als wir unsere Besuche beendet hatten, führte mich Koralie noch einmal in die Vorratskammer. Hier hingen Geflügel, große Stücke Fleisch und geräucherte Schinken. Dazu viel frisches und in große Steintöpfe eingekochtes Gemüse. Koralie erzählt, dass diese Dinge von den zwei Gütern kommen, die der Marquis in der Nähe von Fontainebleau besitzt. Jede Woche kommt ein Wagen voll von Vorräten, und der Haushalt wird davon besorgt.

Diese Güter hat die Frau Marquise ihrem Manne mit in die Ehe gebracht. Sie war sehr reich und hatte auch viel Geld und Schmuck. Vor zwei Jahren ist sie gestorben, und es ist schade um sie, denn sie war eine sehr gute und fromme Frau.

»Mich hat sie damals gleich ins Haus genommen, als Großmutter mit mir kam!« setzte Koralie hinzu, während sie einen großen Korb mit Fleisch, Obst und Gemüsen füllte. »Der Marquis hatte keine rechte Lust dazu, aber sie sagte, wer Unrecht tut, der muss es wieder gutmachen! Also bin ich geblieben, und er ist sehr ordentlich gegen mich!«

Ich musste sie erstaunt angesehen haben, denn sie lachte plötzlich. »Das verstehen Sie wohl noch nicht, Mademoiselle!«

Ich schüttelte den Kopf, und sie streichelte meine Wange.

» *Eh bien*, kleine Unschuld, dann wollen wir von anderen Dingen reden! Nehmen Sie diesen Korb, ich hole noch etwas Wein, und Sie können mich zur Großmutter begleiten. Sie ist einmal wieder krank und kann nicht kommen; da muss man sie etwas trösten!«

Sie erschien gleich wieder mit einem großen Korb voll Wein, und wir haben, als es dunkel wurde, diese zwei Körbe zu Frau Lenoir getragen. Ich war noch niemals auf der Straße von Paris; nun banden wir uns schwarze Kragen um und stahlen uns aus dem Gartentor. Das war lustig und unheimlich zugleich, aber ich freute mich über die Abwechslung.

Wir wohnen in der Rue Richelieu, von dort bis zur Rue St. Honoré ist's nicht weit, aber es war viel zu sehen. Eine Menge von Menschen ging und stand auf der Straße, es brannten Laternen, einige Leute schrien und lachten, und an den Ecken hielten einige Männer Reden. Mit unseren Körben huschten wir an den Häusern entlang, und niemand beachtete uns. Dann traten wir endlich in ein kleines Haus, wo im Erdgeschoss Koralies Großmutter wohnt.

Es war eine kleine, nett eingerichtete Stube, und im Hintergrunde stand ein Bett, aus dem eine verdrießliche Stimme kam.

»Nun, Koralie, kommst du endlich? Du wirst am Ende auch ein Aristo und denkst nicht mehr an deine Großmutter! Und wenn ich nicht gewesen wäre, du liefest noch in Lumpen!«

Eine kleine rauchende Öllampe verbreitete so viel Licht, dass ich die alte Frau recht gut sehen konnte. Sie hatte ein gelbes Gesicht, verquollene Augen und eine knarrende Stimme.

Koralie packte die Körbe aus.

»Ich konnte nicht eher kommen!«, entschuldigte sie sich. »Die alte Minette will alles für ihre Schwester haben und wird böse, wenn sie merkt, dass ich auch etwas nehme. Und Charles braucht eine Menge für seinen Bruder!«

»Diese Kanaillen!« Frau Lenoir streckte die Hand nach einem großen Kuchen aus und biss gleich hinein. »Dieses Dienstbotenvolk bestiehlt seinen Herrn auf schamlose Manier! Aber das kommt, weil der Umgang mit den Aristos den Charakter verdirbt! Weg mit den Aristos! Das Volk muss regieren!«

Koralie öffnete eine Flasche, nahm einen silbernen Becher, auf dem ich das Wappen der Montmédy erkannte, schenkte ihn voll und gab ihn ihrer Großmutter.

»Du musst den Mund halten«, sagte sie dabei. »Ich habe dir eine kleine Aristo mitgebracht. Die wahrhaftige Nichte vom Marquis! Sie ist noch sehr unerfahren!« setzte sie hinzu, während die alte Frau ihre schwimmenden Augen auf mich richtete.

»Was will sie hier? Alle Aristos, die in Paris nichts zu tun haben, sollten wegbleiben! Artois ist schon weg, und mit ihm sind eine Menge davongelaufen!«

»Mach die kleine Demoiselle nicht bange, Großmutter! Sie hat's gut beim Marquis, und wenn sie groß ist, wird sie Jean heiraten. Du weißt, Jean de Barival! Seine Güter sind verschuldet, und die Güter des Marquis sind's nicht.«

Koralie sprach lachend, aber ihre Augen blitzten mich boshaft an, während Frau Lenoir den Becher mit Wein austrank, ihn dann noch einmal füllen ließ und lustiger wurde.

»Noch ist nicht aller Tage Abend! Alles kann anders werden! Vor einem Jahr hat die Bastille noch großmächtig da gestanden: Nun ist sie dem Erdboden gleichgemacht worden. Hat die Demoiselle den Platz gesehen, wo sie stand?«

Ich schüttelte den Kopf, von Paris hatte ich überhaupt nichts gesehen.

Frau Lenoir lachte.

»Ach, die Aristos sind dumm, ich habe es immer gesagt! Der 14. Juli war ein großartiger Festtag für die Franzosen, und die Demoiselle hatte den Spaß miterleben müssen! Ich habe selbst gesehen, wie die Köpfe der Offiziere auf einer Pike durch die Straße getragen wurden. So müssen alle gestraft werden, die nicht wissen, wie die Franzosen behandelt werden wollen!«

»Großmutter, halte den Schnabel!«, rief Koralie. »Du musst die Demoiselle nicht einschüchtern, sonst trägt sie dir keinen Korb voll Wein hierher, und das würde dir doch unangenehm sein!«

Die Alte begann zu weinen. »Ich muss viel Wein haben! Hab ich ihn nicht verdient, da ich dich aufgezogen und ins Haus von Montmédy gebracht habe? Er würde nicht nach dir gefragt haben, der Spitzbube! Und es war doch meine Tochter« –

Koralie unterbrach sie. »Nun ist's genug, Großmutter! Trink keinen Wein mehr, denn du bist schon betrunken, und dann sprichst du Unsinn! Kommen Sie, Mademoiselle, wir wollen nach Hause gehen!«

Also sind wir wieder durch die dunklen Straßen gelaufen und in den Garten und das Haus gelangt.

Hier war's unheimlich still, nur im Kellergeschoss hörte man die Dienstboten singen. Es roch nach gebratenem Geflügel und nach Wein. Koralie sagte, sie feierten wohl irgendeinen Namenstag. Sie ging mit mir in mein Zimmer und erklärte, für mein Abendbrot sorgen zu wollen. Bald brachte sie mir allerhand Gutes, das sie den anderen weggenommen hatte, und wir aßen behaglich gebratene Hühner mit feinen Gemüsen, tranken Wein dazu und hatten auch noch Kuchen.

Es gibt viel besseres Essen beim Onkel als in Plön; vom Kloster nicht zu reden, aber so gut wie dies Essen schmeckte mir noch nichts.

Koralie lachte, als ich es sagte: »Minette kocht immer besser für die Domestiken als für die Herrschaft. Sie muss eben für sie sorgen, die sich mit dem Dienen abquälen. Die Aristos sorgen für sich selbst!«

Dann berichtete sie von der Bastille. Ich hatte nur ganz flüchtig davon gehört, nun erfuhr ich, dass es ein scheußliches Gefängnis gewesen wäre, und dass die Pariser es im Juli zerstört hätten. Der König hatte sich geärgert und die Königin noch mehr. Das aber schadete nichts. Die Österreicherin durfte sich schon einmal ärgern. Sie zog das Land aus und brauchte viel Geld für ihr Vergnügen, während die armen Leute hungerten.

Koralies Augen blitzten, als sie sprach. Sie hasste die Königin, wie alle Franzosen sie hassten.

Mir wurde unheimlich zumute, und ich wollte von anderen Dingen sprechen.

»Wer ist eigentlich Jean de Barival?«, fragte ich.

Mein Kammermädchen warf mir einen schiefen Blick zu.

»Ja, wer ist das wohl? Sie werden ihn schon kennenlernen, Mademoiselle!«

»Du kennst ihn gut?«

Wieder der schiefe Blick.

»Mademoiselle wird schon sehen!«

Sie trank den Rest Wein aus und half mir dann beim Entkleiden. Ein wenig betrunken schien sie mir auch, aber nicht so unangenehm wie Madame Lenoir.

Die letzte Nacht habe ich von Jean de Barival geträumt. Er kam zu mir und fasste mich bei der Hand. Dann standen wir zusammen in einem großen Raum, und ich trug ein weißes Kleid. Endlich erwachte ich und sah, dass es schon lange Morgen war. Koralie, die bei mir schlief, schnarchte noch. Im Schlaf ist sie nicht so niedlich wie im Wachen, sie liegt mit offenem Munde und zeigt ihre spitzen Zähne. Wirklich, sie hat ein Raubtiergesicht, und ich kann auch nicht begreifen, dass sie so viel Wein trinkt. Aber ich werde sie gleich mit Wasser begießen, um sie zu erwecken.

Anderen Tags.

Koralie war böse, als ich sie besspritzte. Sie schalt auf die Aristos und drohte mit allen möglichen Strafen. Dann spricht sie so schnell, dass ich sie nicht verstehe, und das ist vielleicht gut. Sie ist doch sehr gewöhnlich, und ich wundere mich, dass sie sich so viele Freiheiten herausnehmen darf. Ich war heute fleißig, las dem Abbé

Französisch vor und wurde von ihm belobt. Meine Aussprache bessert sich; wenn ich mir weitere Mühe gebe, kann ich es noch so weit wie die Königin bringen. Ihre Majestät hat wenig Französisch gekonnt, als sie als junge Prinzess herkam. Jetzt hat sie ihre Muttersprache so verlernt, dass sie vor einigen Jahren Unterricht im Deutschen nehmen musste, um es nicht ganz zu vergessen. Aber das Lernen wurde ihr so schwer, und sie gab es auf.

»Finden Sie es gut, Herr Abbé, wenn man seine Muttersprache verlernt?«, musste ich fragen, und der würdige Herr strich an seiner etwas fadenscheinigen Soutane.

»Mademoiselle, eine Königin von Frankreich muss Französin sein!«

»Ist sie das denn nicht?«

»Ich kenne Ihre Majestät nicht, Mademoiselle, und man kann niemand ins Herz sehen. Aber eine Königin von Frankreich muss ihr Vaterland sehr lieben!«

Dann berichtet mir der alte Herr von den Kindern des Königspaares. Da ist Madame Royale, die älteste Tochter, dann der kleine Dauphin. Er heißt Karl Louis und ist ein so liebes Kind. Madame Royale, die Marie Therese getauft ist, ist ernsthaft und wenig freundlich. Ich höre gern dem alten Abbé zu. Er weiß gut zu erzählen, und sein Gesicht ist so milde, dass man Vertrauen zu ihm haben muss. Sein Vater hat einmal mit Ludwig dem Vierzehnten gesprochen, und darauf ist er noch heute stolz. Ludwig den Fünfzehnten hat er selbst öfters gesehen, aber es scheint, dass er nicht gern an ihn denkt.

Dieser König soll nicht immer nett gewesen sein, ich habe es einmal gelesen. Nun liegt er in St. Denis begraben, und der jetzige König ist sein Enkel.

Nach dem Abbé kam dann der Tanzmeister, und heute tanzte ich besser als Koralie. Sie hat von gestern Abend Kopfschmerzen, weil sie zu viel Wein trank. Aber als ich sie ein wenig aufzog, wurde sie zornig.

Also bin ich nachher allein in unserem Garten spazieren gegangen. Er enthält schöne alte Bäume, und man kann lange darin gehen. An einer Stelle der Gartenmauer ist ein kleines Loch, dadurch sieht man auf die Straße mit den vielen Menschen. Dort fahren Wagen und es werden Sänften getragen. Es steht auch wohl ein Mensch auf einem Hausvorsprung und redet mit dem Volk. Er spricht dann nur von Politik und dass der König schlecht regiert. Warum sind sie wohl alle so unzufrieden?

Nach drei Tagen kehrten der Onkel und Tante Amelie zurück. Die letztere war ordentlich angegriffen von der Reise, worüber der Onkel lachte. Sie erwiderte ihm natürlich nichts, denn er kann keinen Widerspruch vertragen; aber als sie nachher mit mir allein war, klagte sie doch.

»Lauter fremde, vornehme Leute, die sich wenig um mich bekümmerten«, berichtete sie. »Alle sprechen sie von den Ministern und von der Nationalversammlung, und die meisten wollen ins Ausland reisen.«

»Weshalb?«, fragte ich, und sie zuckte die Achseln.

»Es scheint mancherlei hier nicht ganz in Ordnung zu sein – ich kann's aber nicht verstehen, und mein Bruder sagt, ich sollte mich nicht aufregen. Alles käme schon wieder zurecht!«

Sie berichtete dann, dass sie den König und die Königin gesehen hatte. Die Herrschaften aßen ihr Mittagbrot so, dass jedermann sie sehen konnte. Die Königin trug ein Kleid aus rosa Atlas und der König einen einfachen blauen Rock. Er hatte einen immensen Appetit – die Leute, die auf der Galerie dem Essen zusahen, lachten laut über ihn. Die Königin hatte wenig gegessen und sich mit den Damen unterhalten, die ihr die Schüsseln reichten. Es war alles sehr prächtig gewesen, aber doch auch ungemütlich, wie die Tante sagte.

»Ich musste an mein kleines Plön denken, und wie mir manchmal die Buchweizengrütze mit Milch dort schmeckte,« setzte sie hinzu. »Das war einfaches Essen, aber die silbernen Schüsseln voll Leckereien, die der Königin gereicht wurden, schienen ihr nicht zu munden!«

Die arme Tante Amelie! Sie sehnt sich natürlich nach ihrem Kammerherrn, sonst würde sie nicht von Plön und der Buchweizengrütze reden! Ich freue mich, dass ich ihr entronnen bin. Hoffentlich sehe auch ich bald einmal den König speisen!

* * *

Der Onkel ist bettlägerig, und ich sehe Tante Amelie wenig. Sie sitzt bei dem Kranken und empfängt seine Freunde. Manchmal fahren schöne Karossen vors Haus, und ein gepuderter Herr in glänzender Tracht steigt aus, oder es kommt eine Sänfte, und eine Dame erscheint. Neulich hatten wir vornehmen Besuch. Es kam eine Prinzessin von Lamballe, eine wirklich sehr schöne Frau, die eine Hofdame bei sich hatte. Sie ist aus königlichem Geblüt, und der König nennt sie »meine Base!«

Der Abbé war gerade bei mir, und wir sahen aus dem Fenster, um die schöne blonde Frau und ihr brokatnes Kleid zu bewundern.

»Sie ist die Freundin der Königin und sehr gut!«, berichtete der Abbé. »Hoffentlich hat sie einen guten Einfluss auf Ihre Majestät!«

Nachher stand ich mit Koralie an der Treppe und sah die vornehme Dame wieder weggehen. Koralie steckte die Zunge hinter ihr aus: »Diese Aristo! Vorhin ist sie an meiner Großmutter vorübergegangen und hat ihr keinen Blick gegeben! Ich werde es ihr schon entgelten!«

Madame Lenoir war nicht so aufgeregt. Sie saß vor der Küche, aß Geflügel und trank Wein dazu. Als sie mich sah, blinzelte sie mit den Augen.

»Also die Demoiselle ist noch da und nicht wieder weggereist, wie so viele Aristos! Seien Sie nur brav, dann dürfen Sie auch bleiben!« Sie steckte sich die Taschen voll Weißbrot und ließ sich von Koralie wieder einschenken. Diese tat es, schalt aber dabei.

»Großmutter, wenn du so viel trinkst, dann lebst du nicht mehr lange. Der Medikus, der neulich beim Marquis war, hat ihm dasselbe gesagt: Wenig Wein trinken, Herr Marquis, sonst erleben Sie ein Unglück. – Und der Herr von Montmédy trinkt lange nicht so viel wie du!«

Die Alte ließ sich nicht stören und trank ruhig weiter.

»Koralie, es hat manches Jahr gegeben, dass ich keinen Tropfen zu trinken hatte, während der Marquis natürlich immer getrunken hat. Also habe ich was nachzuholen, und wenn ich dann mal sterben muss, so will ich vorher noch gut gelebt haben!«

»Ich kann dir aber nicht immer was bringen. Minette schilt bereits, und Charles macht falsche Augen.«

»Diese Hallunken!« Die Alte drohte mit der Faust. »Sie sollten mir was gönnen, und du musst es auch. Denn wenn ich nicht gewesen wäre, dann liefst du noch in Lumpen! Ich ging doch zum Marquis! Er war nicht zu sprechen, da besuchte ich die Frau Marquise! Madame, sagte ich. Hier ist die kleine Koralie! Sie ist« – –

Ihre Enkelin hielt ihr die Hand vor den Mund. »Lass das Geschwätz! Sonst bringe ich dir niemals wieder was Gutes!«

Koralie war so zornig, dass sie auch mir ein böses Gesicht machte.

»Was wollen Sie hier, Mademoiselle! Sie müssen oben in den Zimmern der Herrschaft bleiben! Meine Großmutter ist betrunken und redet Unsinn!«

Frau Lenoir begann zu fluchen, schwur, dass sie nie betrunken gewesen wäre, und ich rettete mich wirklich nach oben. Im Grunde genommen musste ich doch lachen. Es ist zu komisch, wenn die Alte so entsetzlich schnell spricht und Worte gebraucht, die ich nie gehört habe. Ich glaube, es sind Schimpfworte, aber ich will meinen guten Abbé nach ihnen fragen.

Ich habe ein weißes Kleid bekommen und einen großen Strohhut. Die Königin trägt mit Vorliebe diese Zusammenstellung, wie mir die Modistin berichtete, zu der Tante Amelie und ich uns tragen ließen. Wir hatten jede eine Sänfte, und ich kam mir sehr vornehm vor, als wir so durch die Straßen schaukelten. Aber einige Leute sahen uns nach und schalten. Ich weiß nicht worüber. Der Onkel sagte nachher, es gäbe augenblicklich sehr viel Unzufriedene in Paris. Weil das Korn so teuer wäre und die Steuern wohl reichlich hoch. Bald würden neue Gesetze erlassen werden. Dann käme alles wieder in Ordnung.

Den Abbé fragte ich doch nicht nach den Schimpfworten. Ich glaube, er wäre traurig geworden, und das möchte ich nicht gern. Koralie lacht über ihn. Sie sagt, sein Vater wäre Schuster gewesen, und daher könnte er nie was Besonderes werden!

»Solche Leute dürften eigentlich nicht in vornehme Häuser kommen!« setzte sie hinzu.

Ich wollte entgegnen, dass sie hochmütiger wäre als die Aristokraten, dann aber schwieg ich lieber. Wenn sie böse wird, dann spricht sie einen ganzen Tag oder noch länger nicht mit mir, und das ist sehr langweilig. Denn ich sehe wenig von Tante Amelie und fast nichts von meinem Onkel. Wenn er nicht im Bett liegt, fährt er aus oder hat Besuch. Erzürne ich mich also mit Koralie, bin ich ganz einsam oder muss unten bei der alten Minette sitzen, die immer sehr ehrerbietig und zugleich langweilig ist. Also lasse ich mir manches von Koralie gefallen und besuche mit ihr, wenn niemand es bemerkt, die alte Lenoir. Sie ist possierlich und weiß viele Neuigkeiten. Manchmal schilt sie auf alle Aristos und vor allem auf die Königin, dann verspricht sie wieder, dass sie mich beschützen will, wenn es Ernst wird.

Ende September.

Heute hat mich Cécile Renaud besucht, was mir große Freude machte. Sie war bis dahin mit ihren Eltern auf dem Lande und ist eben erst in die Stadt zurückgekehrt. Sie ist sehr sanft und freundlich, fast zu gut für meinen Geschmack; aber sie ist wirklich so gut, und es ist nichts Gemachtes an ihr. Onkel Marquis kam ordentlich, als er von ihrer Anwesenheit hörte, und gab ihr die Hand. Fragte nach ihrem Vater und nach ihrer Großmutter. Der Onkel kann sehr artig sein, wenn er will, dann nimmt sein kaltes Gesicht einen anderen Ausdruck an, und in seine Augen kommt es wie ein warmer Schein.

Cécile berichtete, dass auf dem Lande, wo sie mit ihren Eltern gewesen wäre, die Bauern verschiedene Schlösser angezündet hätten. Sie würden aufgereizt durch Männer, die aus Paris kämen und große Reden hielten. Dann erzählte sie von anderen Dingen, denn sie merkte, dass der Onkel diese Geschichten nicht gern hörte. Nächstens kommt sie ins Kloster zum Heiligen Herzen Jesu. Das liegt in einem Vorort von Paris, und es werden dort die vornehmen jungen Mädchen erzogen.

»Sie sollten auch hingehen, Mademoiselle!« wandte sich Cécile an mich.

Aber ich schüttelte den Kopf.

»Ich war schon im Kloster zu Bacharach, das ist genügend!«

»Du hast noch kein Urteil, was für dich genügt!«, sagte mein Onkel, und sein Gesicht wurde wieder kalt. Ach, er ist kein sehr angenehmer Onkel! Ich möchte wissen, ob Peters Onkel in Reims ebenso unfreundlich ist, wie der meine. Ob Peter wohl zu ihm geht und dann auch nach Paris kommt? Im Ganzen passt er ja nicht für Paris und für meinen Umgang; aber ich möchte ihn doch einmal wieder sehen. Er war oft wirklich nett, und wenn ich ihm auch übel nahm, dass er mich küsste ohne meine Erlaubnis, so will ich ihm verzeihen. Eigentlich soll man nicht von einem männlichen Wesen träumen, aber ich träume manchmal von ihm. Dann sind wir zusammen im Garten, essen Erdbeeren, und er gibt mir die besten. Im Traum zanken wir uns niemals, was sehr merkwürdig ist, da wir es in Wirklichkeit immer taten. Ob Tante Amelie wohl manchmal von ihrem Kammerherrn träumt? Sie hat schon mehrere Briefe von ihm erhalten, die sie immer wieder liest. Sie trägt sie in der Tasche oder schließt sie in eine kleine Kommode, aber neulich habe ich doch einen erwischt und ihn heimlich gelesen. Es stand nichts Besonderes darin. Nur vom Herzog Peter, dass er ein wenig Fieber gehabt hätte, was vom verdorbenen Magen gekommen wäre. Dass Fräulein Georgine von Ahlefeld nach Itzehoe gegangen wäre, um einige Monate bei den Stiftsdamen zu verbringen, und dass es in diesem Jahre viel Kernobst geben würde. Kein Wort von Liebe. Nur, dass es einsam im schönen Plön wäre. Ich schämte mich, diesen Brief heimlich gelesen zu haben. Der Kammerherr hätte gern ein Wort von Peter Fuchs oder wenigstens von seinem Vater schreiben dürfen. Aber er war immer so langweilig.

Tante Amelie geht jeden Morgen in die Messe und hat Freundschaft mit einem alten Pfarrer geschlossen, der sie manchmal besucht und ihr von armen Leuten berichtet. Für diese strickt sie Strümpfe und arbeitet Hemden und Kleider. Unsere Diener lachen über die gute Tante. Natürlich heimlich, aber Koralie erzählt es mir. Sie nennen sie eine Betschwester und wundern sich, dass in Deutschland die Leute noch so dumm sind und an Gott glauben. Das tun in Frankreich selbst nicht mehr die Aristos!

»Ist es denn nicht gut, den Armen zu helfen?«, erkundigte ich mich, und Koralie hebt die Schultern.

»Lieber Gott, es muss einmal Arme geben, die schafft man nicht aus der Welt! Es ist ihre eigene Schuld, wenn sie sich nicht zu helfen wissen und arm bleiben. Jedermann muss sich selbst helfen können!«

»Glaubst du denn auch nicht an Gott?«

Sie stellte sich vor meinen Spiegel und ordnete ihre Haare. »Das ist alles Ammenglaube! Eigens dafür erfunden, damit wir gehorsam bleiben und die Aristos uns regieren sollen! Unsere großen Gelehrten sagen alle, dass es keinen Gott gibt, und die müssen es doch wissen!«

Koralie hat schon manche Bücher gelesen und spricht manchmal mit dem Kammerdiener über Philosophie. Charles liest auch unten die Zeitung vor und bringt sonderbare Bilder und Gedichte nach Haus, die an den Straßenecken feilgeboten werden. Ich verstehe die Verse nicht, und alle Bilder werden mir nicht gezeigt. Aber ich kenne schon die Karikatur vom König und von der Königin. Sie tragen manchmal Bäckerkleidung oder sammeln Geld in großen Mehlsäcken. Die Pariser haben keine Ehrfurcht vor ihrem Könige, und die Königin soll doch sehr angenehm sein. Jedenfalls wird der Onkel zornig, wenn man etwas gegen sie sagt. Er ahnt nicht, dass sich viele hässliche Bilder und Schriften in seinem eigenen Hause befinden.

Ende September.

Jean de Barival ist hier! Ich bin aufgeregt, denn er ist sehr hübsch und hat ein artiges Wesen. Sehr fein und zart gebaut, mit großen, blauen Augen und einem Gesicht wie Milch und Blut. Ach, welch ein dummer Vergleich, aber mir fällt nichts Besseres ein! Er trägt einen Rock von hellblauer Seide, weißseidene Kniehosen und ebensolche Weste mit reicher Stickerei. Sein Degen ist mit Edelsteinen besetzt und seine Schuhschnallen gleichfalls – wahrlich, ich freue mich, dass er mein Mann werden soll. Denn so wird es natürlich kommen. Tante Amelie will mir allerdings nicht antworten, wenn ich sie mit Fragen bestürme, aber Frau Lenoir, die gerade heute wieder Lebensmittel und Wein holt, stieß mich in die Seite, als sie Jean aus der Ferne sah.

»Aha, da haben wir ja den Mann für Demoiselle! Ja, nachgerade wird's Zeit, an eine Heirat zu denken. Beinah fünfzehn Jahre alt und noch immer ledig! Mit dreißig Jahren müssen Sie eigentlich Großmutter sein, Mademoiselle!«

Ich bekam einen kleinen Schreck.

»Aber Madame Lenoir, erst muss ich doch selbst Kinder haben, ehe ich Großmutter werde. Und vielleicht kriege ich zuerst einen Sohn. Der darf doch nicht so früh heiraten!«

»Nun, wir wollen sehen! Aber eilen müssen Sie sich, Mademoiselle, sonst werden Sie eine alte Jungfer und müssen ins Kloster!«

Frau Lenoir ist immer ganz nett mit mir. Sie trinkt leider zu viel Wein und braucht schreckliche Worte, aber ich halte sie für besser als Koralie, die manchmal sehr hässlich mit der alten Frau umgeht. Sie gibt ihr jedes Schimpfwort reichlich zurück und hätte sie neulich fast geschlagen, wenn ich sie nicht daran hinderte. Nur deswegen, weil die Alte wieder darauf zurückkam, dass sie es war, die Koralie der Frau Marquise brachte. Davon will Koralie aber nichts mehr wissen. Sie gehört ins Haus Montmédy und will niemals wieder heraus. Es sei denn, dass sie sich sehr gut verheiratet.

Augenblicklich ist sie sehr guter Laune, obgleich ich den ganzen Morgen mit Jean spazieren gegangen bin. Zuerst in unserem Garten: Dann hat er Tante Amelie und mich in den Tuileriengarten geführt. Zum ersten Mal sah ich das Schloss aus der Nähe. Es ist groß und hat viele Fenster. Aber es soll unangenehm zu bewohnen sein, und daher sind die Majestäten immer in Versailles. Jean hat jetzt Dienst beim König. Er muss immer in seiner Nähe sein und ist Ehrenkavalier. Er erzählt eine Menge Geschichten vom König, von der Königin und den Kindern. Offenbar liebt er sie alle sehr und freut sich, in ihrer Nähe zu sein. Aber er freut sich auch, nach Paris zu kommen und mich kennenzulernen.

Bei diesen Worten macht er verliebte Augen und drückt mir die Hand. Ich beginne zu zittern. Will er mich schon gleich heiraten? Aber Jean spricht schon von anderen Dingen. Er hat noch einen Vater, der auf einem

Gut an der Loire lebt. Aber es ist einsam dort, und Jean liebt den Hof, die vornehmen Leute, die er dort trifft. Vielleicht wird er noch einmal Zeremonienmeister oder ähnliches, vorläufig muss er sich mit einem kleineren Amt begnügen. Er hat auch wenig Geld. Sein Vater machte als junger Mann große Schulden, und die sind noch nicht ganz abbezahlt.

Bei diesen Worten seufzte er, betrachtete seine kostbaren Spitzenmanschetten und die Knöpfe seiner Weste, die aus Rubinen waren.

»Sehr arm scheinen Sie noch nicht zu sein, Herr von Barival!«, sagte ich.

»Mademoiselle, man schlägt sich so durch mit seinen Gläubigern. Ich muss doch anständig aussehen, wenn ich bei den Majestäten erscheine!«

»Der Marquis von Montmédy ist ja auch reich«, begann ich und wurde dann rot. Jean warf mir einen lächerlichen Blick zu.

»Und Sie sind seine Nichte und Erbin!«

Darauf erwiderte ich nichts. Erstens, weil ich keine rechte Antwort wusste und Tante Amelie sich mit einer Frage an Jean wandte. Sie will immer etwas von der Königin und den königlichen Kindern wissen und scheint viel an sie zu denken. Nach meiner Ansicht brauchte sie nicht immer zu fragen, wie es ihnen geht. Die fragen doch auch nicht nach uns.

Oktober.

Ich habe einige Tage nicht geschrieben. Jean und ich sind viel zusammen gewesen, und ich liebe ihn sehr. Er ist ein schöner, vornehmer Mann, mit dem ich eine glückliche Ehe führen werde; und wenn ich wirklich die Erbin von meinem Onkel bin, dann wird dieser hoffentlich Jeans Schulden bezahlen, damit wir keine Sorgen haben. Geldsorgen sind sehr unangenehm: Ich habe es in Plön gesehen, wo eigentlich alle Menschen kein Geld hatten. In solche kleine langweilige Stadt will ich nie wieder. Es ist auch keine Gefahr. Jean weiß gar nicht, wo dieses Städtchen liegt, und er sagt, als echter Franzose müsste er in seinem schönen Lande bleiben, wenn er nicht einmal als Gesandter nach Rom ginge; denn diese Stadt möchte er wohl einmal sehen. Ich habe noch niemals daran gedacht, nach Rom zu reisen. Allerdings wohnt dort der Heilige Vater, aber wenn es doch bald keine Religion mehr geben soll, hat auch der gute Papst nichts mehr zu tun. Heute ist Jean nach Versailles gegangen, wo er wieder Dienst hat.

Einige Tage später.

Es ist etwas Sonderbares geschehen: Die ganze königliche Familie ist nach Paris gekommen und wird in den Tuilerien wohnen.

Das Volk holte sie. Wie es gekommen ist, weiß ich nicht recht, der Onkel mag nicht darüber sprechen, und Tante Amelie ahnt noch weniger als ich von diesen Dingen. Unten im Souterrain wissen die Dienstleute schon mehr, ich höre sie lachen und allerhand Geschichten erzählen, aber im ganzen ist mir die Sache gleichgültig. Die Hauptsache ist, dass einige Verwegene gekämpft haben müssen, und dass Jean de Barival verwundet ist. Ich verstehe den König nicht, dass er solche Gemeinheit duldet, aber er soll ja sehr schläfrig sein. Jean ist noch nicht hier, er hat eine Estafette geschickt und will gern geholt werden. Sein Fuß scheint verletzt zu sein, dass er nicht gehen oder reiten kann. Ich ängstige mich sehr. Der arme Jean! Wie tapfer ist er wohl gewesen! Der Marquis hat seinen Wagen und zwei Diener nach Versailles geschickt, damit er geholt wird.

Nun will ich meinen zukünftigen Gemahl sehr gut pflegen. Hoffentlich wird er bald wieder gesund und kann mit mir spazieren gehen!

Jean ist gekommen. Er trägt den Arm in der Binde, und er hinkt. Es ist in Versailles schlimm hergegangen. Eine Horde Abscheulicher hat das Königspaar töten wollen, aber es ist ihr nicht gelungen. Jean und einige andere Edelleute haben es großartig verteidigt.

Der Arzt ist gekommen und hat Jean verbunden. Es ist ein unfeiner Mann, er sagte, die Verwundungen wären nicht schlimm, und Jean dürfte bald wieder ausgehen. Dabei lachte er und sprach von einigen Braven, die ihr Leben für ihren Herrscher eingebüßt hätten. Der Doktor unterhielt sich mit dem Marquis; ich horchte ein wenig an der Tür und wunderte mich, dass der Onkel so ruhig blieb. Aber er antwortete fast nichts und sprach dann von dem Einzug des Königspaares. Er scheint sehr böse auf das Volk zu sein, das sich schlecht gegen die königliche Familie benommen hat. Der Doktor verteidigte die Leute. Der König dürfte nicht immer in Versailles sitzen und dort auf die Jagd gehen, wenn die Zustände des Landes schlecht wären. Ich hörte nicht mehr zu, sondern klopfte leise bei Jean an, der in einem rosaseidenen Schlafrock auf der Bergère lag und mich lächelnd betrachtete.

»Nun reizendes Kind, wollen Sie mir Gesellschaft leisten?«

Gerade wollte ich seine feine Hand fassen, als Koralie eintrat. Sie warf mir einen unfreundlichen Blick zu und sagte, Tante Amelie hätte nach mir gerufen. Dies war eine Lüge, denn wie ich Tante Amelie nun aufsuchen wollte, war sie gar nicht da, sondern zu ihrem geliebten Pfarrer gegangen. Gerade wollte ich wieder zu Jean, da begegnete mir Madame Lenoir auf der Treppe. Sie hatte rote Augen, wie immer, wenn sie getrunken hatte, und fasste mich am Arm.

»Mademoiselle, hörten Sie schon, wie wir den Bäckermeister und seine Sippschaft nach Paris gebracht haben? Ich hab den Zug kommen sehen: es war großartig, sage ich Ihnen. Ein paar abgehackte Köpfe wurden vorweg getragen. Ja, ja, ein paar Köpfe müssen immer bei solchen Gelegenheiten springen!«

Dann berichtete sie mir noch einige Einzelheiten. Wie das Volk das Schloss in Versailles belagert hatte, und wie mehrere Menschen getötet wären. Das letztere schien ihr am meisten Vergnügen zu machen. Als sich dann die Tür von Onkels Zimmer öffnete, lief die Lenoir eilig davon, zu den Mädchen und Lakaien im Keller, denen sie ihre Geschichte weiter erzählte. Sie war nicht selbst in Versailles gewesen, aber mehrere Freundinnen von ihr, die sich köstlich amüsiert hatten. Einige waren allerdings auch krank geworden, weil sie die ganze Nacht im Freien kampiert hatten. Aber für sein Vaterland musste man etwas tun, und dafür waren die Vetos auch jetzt in Paris und sollten so bald nicht wieder weg!

Ich war der Lenoir nachgegangen und hörte ihr aus der Ferne zu.

Als ich mich umdrehte, stand Tante Amelie hinter mir, die gleichfalls zuhörte. Sie war blass und hatte Tränen in den Augen.

Leise zog sie mich mit sich fort.

»Die armen Majestäten!«, sagte sie. »Ach, die müssen viel leiden! Wenn sie doch wegreisen wollten!«

Sie erzählte mir, dass sich alles wohl so zugetragen hätte, wie die Lenoir berichtete. Ihr Pfarrer hatte ihr fast dasselbe erzählt. Auch er meinte, es wäre gut, wenn die Majestäten weggingen. Mein Onkel sollte es ihnen sagen.

Tante Amelie hatte mich in ihr Zimmer genommen und sprach eingehend mit mir, wie sie es selten tat. Sie sah wohl ein, dass ich allmählich groß und vernünftig wurde.

»Wir sollten gleichfalls Paris verlassen!« setzte sie hinzu und sah unwillkürlich nach ihrem Schreibtisch, auf dem ein Brief lag. Der war natürlich wieder von Herrn von Treusch und meldete, dass der Herzog Peter einen Schnupfen hatte, und dass es in Plön viele Gravensteiner Äpfel gab.

»Weshalb sollen wir weg, liebe Tante?«, fragte ich ungeduldig. »Hier ist es doch sehr viel besser als in dem langweiligen Holstein!«

»Findest du das?«

»Aber gewiss, und außerdem« – ich stockte. Es wurde mir schwer, von der Heirat mit Jean zu reden, weil niemand mit mir über diese Sache sprach. Aber Tante Amelie konnte doch verstehen, was ich meinte. Sie strich auch leise über meine heißen Wangen.

»Liebes Kind, die Zukunft liegt dunkel vor uns. Wir dürfen keine Pläne machen!«

Natürlich erwiderte ich nichts. Tante Amelie ist sehr gut, und ich liebe sie von ganzem Heizen. Aber sie ist eben alt und kann junge Menschen nicht mehr verstehen. Außerdem wäre es ja ein Unsinn, wenn sie wieder nach Plön ginge, wo sie halb von der Gnade einer Freundin lebt, und der Kammerherr sie doch nie heiraten kann. Hier ist sie eine große Dame, dort nur ein armes Fräulein. Sie mochte meine Gedanken erraten, denn sie wandte sich von mir ab und sah durchs Fenster in den Garten. Zwei Sänften wurden gerade durchs Tor und vors Haus getragen. Das war Besuch vom Hofe für den Onkel. Eilig lief ich hinunter, versteckte mich hinter dem Treppenabsatz und sah eine sehr aufrechte Dame und einen kleinen Herrn die Treppen hinaufsteigen. Ein Lakai lief voran und meldete mit lauter Stimme Madame von Tourzel und einen Herzog, dessen Namen ich nicht verstand.

Der Onkel ging ihnen entgegen, und alle drei verschwanden in seinem Zimmer, während ich zu Jean schlüpfte, bei dem noch immer Koralie saß. Ich trug ihr eine Arbeit für mich auf und setzte mich dann neben den allerliebsten Menschen, der mir gleich die Hand küsste und mich fragte, wo ich so lange geblieben wäre. Er hatte Sehnsucht nach mir und ich nach ihm. Aber er wollte nicht vorgelesen haben und sich lieber mit mir unterhalten. Er lachte, als ich ihm berichtete, dass Tante

Amelie abreisen wollte. Alte Leute wären immer so ängstlich, sagte er. Gefahr wäre absolut nicht vorhanden, auch nicht für den König, wenn er nur vernünftig wäre und nicht alles täte, was das Volk wollte.

Die Frau von Tourzel, die ich eben kommen sah, ist die erste Gouvernante der königlichen Kinder und noch etwas mit der verstorbenen Frau des Onkels verwandt. Wahrscheinlich wird sie allerlei von Versailles erzählen.

Jean hat mir versprochen, dass ich die königlichen Kinder kennenlernen soll. Jetzt, da sie in den Tuilerien wohnen, wird's eine Kleinigkeit sein, ihnen nahezukommen, besonders, wenn man vom alten Adel ist. Die Fischfrauen und die Händlerinnen aus den Markthallen sollen sich allerdings in die Tuilerien drängen, um mit der Königin zu sprechen, aber diese Leute sind eben sehr ungebildet, und Jean wundert sich, dass sie nicht hinausgeworfen werden.

Ende Oktober.

Jean ist wieder weg, und das langweilige Leben ohne ihn beginnt von Neuem. Koralie ist recht unbescheiden gewesen und hat sich immer in Jeans Zimmer gedrängt, besonders, wenn ich nicht da war. Ich habe ihr neulich einmal gehörig die Wahrheit gesagt, dass sie nur eine Kammerjungfer ist und sich nichts einbilden darf. Sie hat mir still zugehört, aber als ich mich von ihr wandte, sah ich im Spiegel, dass sie hinter mir die Zunge ausstreckte. Da drehte ich mich auf den Absätzen herum und gab ihr eine Ohrfeige. Sie schrie laut auf, und einen Augenblick erwartete ich, dass sie mich wieder schlagen würde, aber ich sah sie fest an, und sie ging langsam davon. Jetzt ist sie sehr fügsam, und ich merke, dass meine Strafe ihr gut getan hat. Man muss seine Domestiken schlagen, wenn sie unartig sind. Diesen Grundsatz habe ich schon aussprechen hören, und ich finde ihn sehr vernünftig. Cécile Renaud allerdings, die mich heute besuchte, sagt, dass man niemals heftig werden und seine Leute nicht schlagen darf. Aber sie ist drei Jahre jünger als ich, und ich kann ihr doch nicht von Jean und davon erzählen, dass ich ihn bald heiraten werde. Auch, dass Koralie nicht unbescheiden gegen ihn sein darf.

Cécile ist noch nicht ins Kloster eingetreten, weil kein Platz war. Sie fragte wieder, ob ich nicht auch die Schule der Schwestern besuchen wollte, aber ich konnte nur lächelnd den Kopf schütteln. Was würde Jean wohl sagen, wenn ich plötzlich zu den Nonnen käme! Mich wundert übrigens, dass er niemals eine Anspielung auf unsere Verlobung machte. Wahrscheinlich ist das nicht konvenabel – ich würde gern die Hände um seinen Hals schlingen und ihn küssen, bis ich müde wäre!

Jean ist zu seinem Vater gereist. Er hat Urlaub vom Hofe und will sich erholen. Gestern ist die Frau von Tourzel wieder gekommen, hat hier eine Schokolade getrunken, lange mit dem Onkel gesprochen, und dann durfte ich ihr die Hand küssen, während der Onkel meinen Namen nannte.

Die Dame hat ein kluges, scharfes Gesicht und schwarze Augen, die sie oft zusammenkneift. Sie war aber freundlich und lud mich ein, Madame Royale, das ist die Prinzessin Marie Therese, zu besuchen. Die Prinzessin hat einige Freundinnen verloren, weil so viele vornehme Leute außer Landes gehen. Nun schreiben sie gottserbärmliche Briefe, wie schlecht sie es in der Fremde haben. Ihnen geschieht schon recht, wie Frau von Tourzel sagt, aber sie wollen jetzt doch nicht zurückkehren.

Morgen also darf ich der kleinen Prinzessin meine Reverenz machen und habe noch ein neues Kleid erhalten. Ein leichtes Seidenkleid von lichtblauer Farbe. Wir haben es fertig gekauft und noch ein Fichu dazu. Eigentlich war es zu einfach, denn ich habe schon viel prächtigere Kleider gesehen, aber Tante Amelie sagte, die Königin und ihre Damen kleideten sich jetzt sehr einfach. Ich sollte nicht auffallen.

Ich zog das Kleid heute zur Probe an, und bin damit nach unten zu den Domestiken gegangen, die mich sehr bewunderten. Die alte Minette klopfte mir die Schultern und nannte mich *ravissante*, auch Charles machte sein Kompliment, und als die alte Lenoir kam, musste sie mich auch sehen. Sie schlug die Hände zusammen.

»La, la, wie ist die Demoiselle hübsch! Und alles, um zu den Vetos zu gehen! Das ist nicht der Mühe wert. Ich bin in meinem schlechtesten Kleid vor den Tuilerien gewesen und habe so lange geschrien, bis die Madame aus Österreich kam. Ich war nicht allein, ein paar Fischfrauen standen neben mir; sonst hätte ich der Veto einige gute Ratschläge gegeben. Sie soll machen, dass sie nach Österreich zurückkehrt! Wir Franzosen wollen keine Fremden haben. Aber die Frau sah niemand von uns an. Zwar erschien sie auf unser Rufen, und eine von uns gab ihr sogar Blumen, aber sie zeigte sich doch nur, weil sie verlangt wurde. Nun, ich finde schon Gelegenheit, mit ihr zu sprechen!«

»Weshalb nennen Sie den König und die Königin Herrn und Frau Veto?«, fragte ich, und die Alte schenkte sich ein Glas Wein ein.

»Ich weiß nicht: Die anderen nennen sie auch so.«

Koralie beantwortete meine Frage. Sie war leise neben mich getreten und strich einige Falten aus meinem Rock.

»Ludwig hat sein Veto zu den neuen Gesetzen zu geben, sonst werden sie nicht ausgeführt!«

»Was das Kind klug ist!« Ihre Großmutter betrachtete sie bewundernd.

»Woher weißt du das?«, erkundigte ich mich, und Koralie machte eine spöttische Verbeugung.

»Gelegentlich sind die armen Dienstboten nicht so dumm, wie es die Herrschaft haben möchte!«

Da begannen sie alle, zu lachen. Minette, die dicke, Charles, der schweigend neben uns gestanden hatte, und ein junger Diener, mit dem ich noch niemals sprach. Ich aber ging, ohne ein Wort zu sagen, nach oben. Ich sehe ein, dass sie alle nichts taugen, und will nicht mehr freundlich gegen sie sein.

Aber als ich meinem alten Abbé in der Stunde meine Absicht mitteilte – denn ich berichte ihm alles, weil ich mich in der Sprache üben muss – da erhob er seinen mageren Zeigefinger, der immer braun von Schnupftabak ist. »Man muss heutzutage eine Gelegenheit mit den Domestiken ersehen, Mademoiselle! Ein aufrührerischer Geist ist leider in sie gefahren, und man muss versuchen, sie mit Güte zu erziehen. Man darf auch keine Politik mit ihnen reden.«

»Ist das Politik, wenn ich nach dem Namen frage, den das Volk dem König gibt?«

Er nahm eine Prise.

»Wir wollen nicht von Politik sprechen«, sagte er ängstlich. »Ich habe Ihnen ein schönes Stück von Corneille mitgebracht, das Sie jetzt sehr gut verstehen können. Ihre Aussprache bessert sich und gleichfalls Ihre Geläufigkeit. Sie werden bald ebenso gut Französisch sprechen wie Ihre Majestät!«

Ich musste ihm versprechen, wenn ich in die Tuilerien käme, auf alles zu achten und es ihm dann zu berichten.

»Es sind gute, fromme Menschen!«, sagte er. »Aber sie sind in keinen guten Händen!«

Auf eine Erklärung seiner Worte ließ er sich nicht ein. Ich musste die langweiligen Verse lesen.

* * *

Also nun bin ich der Nähe der königlichen Herrschaften gewesen und will alles berichten, obgleich es nicht viel ist. Im Schloss wird gebaut: Dies ist nicht angenehm für den König und seine Familie, aber auch nicht für den Besuch, überall sind Handwerker und Mörtel und Staub.

Ich wurde in einer Sänfte in den großen Torweg getragen, und von dort in das Zimmer der Frau von Tourzel geführt, wo mein Onkel mich erwartete. Er trug einen einfachen blauen Rock, aber den Orden vom heiligen Ludwig, und sein Gesicht erschien mir noch kälter als bei uns zu Hause. Aber er sprach lebhaft mit der Gouvernante, die sorgenvoll schien, und die er zu beruhigen suchte.

»Pah, meine liebe Cousine«, sagte er unter anderem, »man muss den Sturm vorübergehen lassen und nur konsequent bleiben. Diese Eigenschaft müssen Sie den höchsten Herrschaften immer wieder predigen! Nicht heute so und morgen wieder anders – das schadet allen Beteiligten!«

Was Frau von Tourzel erwiderte, weiß ich nicht mehr. Die Tür ging auf, und ein etwa zehnjähriges Mädchen trat ein. Sehr einfach gekleidet und den Kopf hoch tragend. Onkel Marquis stand auf und verbeugte sich zur Erde. Das kleine Mädchen reichte ihm die Fingerspitzen, die er an seine Lippen zog, und dann sah sie mich sehr aufmerksam an.

»Wer sind Sie, und wie heißen Sie?«

Sie sprach so herrisch, dass ich das Antworten vergaß.

Der Onkel gab mir einen kleinen Stoß.

»Verneige dich vor Madame Royale!«

Frau von Tourzel machte eine abwehrende Bewegung.

»Ihre Nichte soll sich nicht so tief neigen, Marquis! Madame ist noch ein Kind und darf nicht wie eine große Dame behandelt werden. Einem Gast, der sie besucht, muss sie freundlich entgegenkommen und nicht gleich hochmütige Fragen tun!«

Die Prinzessin errötete stark. Aber sie richtete ihre Augen starr auf mich und gab mir plötzlich die Hand.

»Ich will nicht hochmütig sein. Ich liebe alle Menschen, seien sie hoch oder niedrig, und ich freue mich, einen Besuch zu erhalten!«

Frau von Tourzel sagte noch einige salbungsvolle Worte; dann nannte sie meinen Namen und erlaubte, dass die Prinzessin mit mir in ein Nebenzimmer ging.

Hier lagen allerhand Puppen, ausgestopfte Tiere und Küchengeräte durcheinander. Alle diese Dinge waren aus Versailles gekommen und sollten geordnet werden. Eigentlich passten die Spielsachen nicht für das ernsthafte Gesicht der Prinzessin, aber sie schien sich verpflichtet zu fühlen, mit den Puppen zu spielen.

»Einige Menschen haben mir die Dinger geschenkt«, berichtete sie. »Sie würden traurig werden, wenn ich sie nicht beachtete.«

»Es sind auch reizende Puppen!«, erwiderte ich, obgleich mich Puppen immer gelangweilt haben.

Vielleicht las die Prinzessin meine Gedanken, denn sie lächelte plötzlich.

»Wir wollen nicht spielen, sondern uns unterhalten. Was sagen die Pariser über uns?«

»Einige sagen Gutes, einige Böses!«, erwiderte ich unbedacht, aber die Prinzessin lächelte wieder.

»Sie sind aufrichtig, Mademoiselle, das ist mir lieb. Wir hören niemals die Wahrheit: Mama klagt auch darüber. Mama sagt, die Pariser reden mehr Böses von uns als Gutes. Wenn ich aber Frau von Tourzel frage, dann behauptet sie, wir dürften über diese Dinge nicht nachdenken. Das raubte uns die Unbefangenheit. Ich bin aber nicht mehr unbefangen. Täglich verlassen uns die Freunde: Mein Onkel Artois ist schon lange weg, und der Herzog von Provence geht, sobald er nur kann. Wenn sie aber alle fliehen –« sie schwieg plötzlich und winkte mir dann, dass ich eine Puppe auf den Arm nehmen sollte.

Frau von Tourzel trat ein und sagte einige liebenswürdige Worte. Es wäre reizend, dass wir kindlich froh wären, und ich sollte nur wiederkommen und mit Madame spielen. Wie sie noch redete, sank sie plötzlich fast auf die Erde. Es trat eine große Dame ein mit schönem, blondem Haar und vornehmer Haltung.

Es war die Königin: Ich wusste es, ehe sie die Augen auf mich richtete. Es ist ärgerlich, dass ich zu zittern begann: Daher kann ich wenig über die hohe Frau sagen, weil mir alles vor den Augen flimmerte. Ich weiß nur, dass sie mit einer leisen, freundlichen Stimme sprach und mich nach meinem Onkel fragte. Dann ging sie wieder. Madame Tourzel, die noch immer gebückt gestanden hatte, richtete sich wieder auf, gab einige Ermahnungen und verschwand von Neuem. Die Prinzessin sah ihr nach.

Werden Sie auch so viel ermahnt, immer gut zu sein, Mademoiselle?« fragte die Prinzessin.

»Als ich noch im Kloster war, musste ich sehr brav sein,« entgegnete ich nach einigem Nachdenken. Aber jetzt –«

»Sie waren im Kloster? Wie beneidenswert! Wenn ich doch auch hinein könnte! Mit Mama und mit Louis, meinem kleinen Bruder! Aber die Leute sagen, dass wir hier bleiben müssen!«

Sie stampfte mit dem Fuß, und ich konnte sie nicht begreifen. Wenn man eine Königstochter ist, braucht man doch nicht ins Kloster zu gehen! Die Prinzessin soll sich doch auch verheiraten! Als ich das letztere andeutete, zuckte Marie Therese die Achseln.

«Ja, ich soll Angoulême heiraten. Das aber ist noch lange hin, und nun ist er auf Reisen und denkt nicht an mich. Es schadet nichts: Ich denke nur selten an ihn. Heiraten ist langweilig, Mademoiselle, finden Sie nicht auch?»

Ich schüttelte unwillkürlich den Kopf und wurde auch wohl rot, denn die Prinzessin sah mich fragend an. Ich gab aber eine ausweichende Antwort, und Marie Therese fragte nicht mehr.

Ihr kleiner Bruder kam auch noch und wollte von mir unterhalten sein. Ich erzählte ihm ein Märchen, wie wir sie uns im Kloster zu Bacharach erzählt haben, und beide königlichen Kinder hörten aufmerksam zu. Man kann gut mit ihnen sprechen, aber ich freute mich doch, als die Sänfte gemeldet wurde, die mich wieder nach Haus bringen sollte. Ich weiß nicht, woher es kommt, aber die Tuilerien gefallen mir nicht besonders. Es laufen so viele Menschen in den Korridoren umher, und alle haben sie sorgenvolle Gesichter. Onkel Marquis war hinterher ganz freundlich gegen mich. Sagte, dass Frau von Tourzel mich gelobt hätte, und dass die Prinzessin fröhlicher gewesen wäre als sonst. Dem Abbé musste ich natürlich alles noch viel ausführlicher berichten, und er wischte sich die Augen vor Rührung. Nur Koralie tat lauter dumme und unverschämte Fragen. Ob die Königin viele Herren umarmt hätte, und ob der König wirklich ein so dickes Schwein wäre, wie die Blätter ihn zeichneten? Auf diese Frage hin hätte ich sie gern wieder geschlagen, aber als ich die Hand hob, lief sie schon aus meinem Bereich.

»Mademoiselle muss nicht heftig werden!«, sagte sie spöttisch. »Mademoiselle muss bedenken, dass sie edel und gut sein muss. Wie alle Aristos, die Frankreich bedrückt und ausgeplündert haben!«

Was sollte ich darauf antworten? Ich nahm einen Apfel, der vor mir lag, und warf ihn nach der Unverschämten, die lachend aus der Tür lief. Der Apfel flog hinterher und traf den Onkel mitten auf die Brust. Er musste gerade vor meiner Tür gestanden haben. Nun trat er zu mir ein und fragte kurz, was hier vorgefallen wäre, und ich erwiderte, der Wahrheit gemäß, dass Koralie immer sehr hässlich über die königliche Familie und über die Aristokraten spräche.

Koralie war wieder ins Zimmer geschlüpft, stand mit demütigem Lächeln und mit gefalteten Händen an der Tür. Sie war nicht hässlich in ihrem bunten Kleidchen, mit einem Spitzenhäubchen auf dem Kopf, mit ihrem rosigen Gesicht und den dunkeln Augen.

Der Onkel hörte auch kaum auf mich, sah nur Koralie an und klopfte sie leicht auf die Wange.

Er sagte einige ermahnende Worte, die nicht nach Schelten klangen, schob sie sanft aus der Tür und wandte sich dann zu mir.

»Ich wünsche, dass du dich ordentlich gegen Koralie benehmen mögest. Du hast kein Recht, hochmütig zu sein.

Wer bist du; dass du das wagst? Sie ist länger im Hause als du und hat ein Recht auf gütige Behandlung!«

»Vielleicht habe ich auch dieses Recht,« entgegnete ich trotzig, worauf er den Kopf in den Nacken warf.

»Allerdings, du bist die Tochter meiner verstorbenen Schwester und müsstest verhungern, wenn ich mich nicht deiner annähme. Daraus entspringt aber nicht das Recht, gegen eine Hausgenossin unfreundlich zu sein!«

Er war gegangen, ehe ich antworten konnte, und ich warf mich auf mein Bett und weinte bitterlich. Am liebsten hätte ich meinen Koffer gepackt und wäre heimgereist. Aber wohin? Nach Plön, zu Peter Fuchs? Ach, er hätte mich gewiss gern aufgenommen, aber was würde sein Vater sagen? Und sonst habe ich niemanden, der sich etwas aus mir macht.

*　*　*

Tante Amelie kam nachher und tröstete mich. Sie war sehr freundlich und versicherte, ihr Bruder meinte es nicht so böse. Man sollte ihn nur nicht ärgern, und mit Koralie wäre er nun einmal etwas empfindlich.

»Wie kommt das?«, erkundigte ich mich, aber die Tante antwortete nicht, sondern streichelte mir das verweinte Gesicht und sagte, dass wir alle augenblicklich viel zu sorgen und zu tragen hätten. Die Zeiten wären ernst, und der Onkel hätte die Nachricht erhalten, dass Räuber in eins seiner Landschlösser gedrungen seien und es ausgeraubt hätten. Das war ein großer Schade, und darüber konnte man wohl verstimmt werden.

Sie gab mir dann einen Brief zu lesen, den sie aus Plön von dem Fräulein von Ahlefeld erhalten hatte, und der nicht viel amüsanter war als das Schreiben von Herrn von Treusch. Dort, in Holstein, stand die Welt still. Der

Herzog hatte eine Gesellschaft gegeben, und sein Vetter aus Eutin, auch ein Herzog von Oldenburg, war dazu gekommen. Bei diesem Vetter, der mehr Verstand und auch mehr Geld hatte, waren einige französische Herrschaften angelangt, die man Emigranten nannte. Vornehme Herrschaften, die von dem Leben in Paris sonderbare Schilderungen machten. Andere sagten, setzte Fräulein Georgine hinzu, dass man in Frankreich viel erleben könnte, und daher war der junge Fuchs plötzlich dorthin abgereist, nachdem er vom Rektor der Lateinschule ein gutes Zeugnis erhalten habe, was ihm wohl wenig nützen würde. Er sollte nach Reims zu einem Onkel, der ein Weingeschäft habe, und der Vater war vorläufig nach Hamburg gezogen, weil er meinte, dort bessere Geschäfte zu machen. So schrieb Tante Georgine ein langes und breites, und ich wunderte mich, dass sie immer von denselben Dingen schrieb, die sie schon einmal berichtet hatte. Denn vor vier Wochen hatte ich fast dasselbe von ihr gelesen, nur nicht von Peter Fuchs, und das war doch ziemlich einerlei. Ob er wirklich nach Paris kam und wagen würde, mich zu besuchen? Ich war jetzt viel vornehmer als er, und er konnte nicht daran denken, mich zu küssen, wie er das so oft getan hatte! Was würde Jean wohl sagen, wenn so ein Bürgerjunge plötzlich hier erschiene? Er würde vielleicht seinen Degen ziehen und ihn durchbohren! Mir stiegen die Haare zu Berge, und ich begann zu zittern. Aber ich dachte nicht mehr an des Onkels kaltes Gesicht und an seine harten Worte. Er meinte es doch gut mit mir, dass er mir Jean bestimmte.

November.

Jean ist unerwartet gekommen, und ich freue mich über die Maßen. Sein Vater, der Marquis Barival, reist ins Ausland, und zwar mit einem Schiffe nach Hamburg. Es scheint, dass die Herrschaften in den Rheinlanden nicht sehr freundlich gegen die französischen Kavaliere sind, wenn sie in Scharen kommen und auch noch etwas Geld mitbringen. Jean schalt über die unfreundlichen Deutschen und sagte, sein Vater sollte lieber nach Holstein gehen, das dem König von Dänemark gehört.

»Werden Sie gleichfalls gehen, Vicomte?«, fragte ich mit klopfendem Herzen, und er sah mich erstaunt an.

»Wie sollte ich dazu kommen, Mademoiselle, wo alles, was ich liebe, hier bleibt?«

Noch nie hat er so deutlich von seiner Liebe zu mir gesprochen, und ich musste mich an ihn lehnen.

»Wir wollen immer zusammenbleiben, nicht wahr?«

Als ich diese Worte gesagt hatte, begann ich zu weinen. Jean fasste mich leise um und küsste mich.

»Nicht weinen, Mamie, das ist nicht nötig. Man kann auch küssen ohne Tränen!« Und er tat es noch einmal.

Leider wurde mir die Sänfte gemeldet, die mich wieder in die Tuilerien tragen sollte, und wir mussten uns trennen. Aber ich war sehr glücklich. Nun werden wir hoffentlich bald heiraten.

Marie Therese weiß von meinem Geheimnis. Da wir uns jetzt häufiger sehen, konnte ich es ihr nicht verbergen, und sie ist fast so verständig wie ich. Mit Puppen spielt sie doch nicht mehr, und wenn sie mit ihrer Mutter ist, erzählt ihr diese viele Dinge. Ich habe viel übrig für die Prinzessin und auch für den lustigen kleinen Dauphin, aber es ist doch für mich ein Opfer, mit ihnen zu sein, wenn Jean zu Haus auf mich wartet. Und gerade jetzt, wo er da ist, schickt der Onkel mich immer weg. Es ist grausam.

Einige Tage später.

Frau Lenoir ist krank und hat geschickt, dass Koralie sie besuchen, ihr viel Wein und gutes Essen mitbringen sollte. Koralie erzählte mir davon und schalt in ihrer Art.

»Sie kann nicht mehr so viel Gutes kriegen. Die Vorratskammern sind nicht mehr so voll wie sonst. Zwei Wagen mit Wildbret und Früchten sind von dem Bauernpack aufgegriffen und hier nicht angekommen. Der Marquis ist sehr bös, aber es ist nichts dabei zu machen. Auch einige Fässer Wein sind nicht richtig angelangt, obgleich der Marquis sie lange bestellt hatte, und nun ist der Keller nicht mehr so voll.«

»Vielleicht könnten wir deiner Großmutter doch einige Flaschen bringen?«, schlug ich vor, denn die Alte ist so schlimm nicht, trotz ihrer Reden. Jedenfalls habe ich etwas für sie übrig.

Koralie schüttelte den Kopf.

»Ich kann nicht gehen, Mademoiselle. Die Baronesse Amelie hat mir eine Menge Näharbeit gegeben, die ich fertigmachen soll. Aber, wenn Sie gehen wollen, Mademoiselle, dann kann Melanie Sie begleiten. Deren Schatz wohnt ganz in der Nähe. Sie läuft abends immer dorthin!«

Jean war an diesem Nachmittage in den Tuilerien, also wusste ich doch nicht, was ich anfangen sollte. So wickelte ich mich in der Dämmerung in Tuch und Mantel, Melanie trug den Wein, und wir gingen in die Rue St. Honoré. Frau Lenoir lag wirklich im Bett und sprach vom Sterben, aber als ich ihr in den silbernen Becher mit dem Montmédyschen Wappen guten Wein einschenkte, trank sie ihn mit Behagen und wurde redselig. Melanie ging zu ihrem Schatz und wollte nach einer halben Stunde wiederkommen, da setzte ich mich neben das Bett der Kranken, und sie trank abwechselnd oder schwatzte.

»Mademoiselle, Sie sind besser als Koralie. Ich hab's gleich gesagt, als ich Ihr Gesicht sah. Koralie ist ein Mischmasch. Halb Aristo, halb meine Tochter. Die war nicht bös; eigentlich zu gut, und wenn's nach ihr gegangen wäre, würde ich niemals zum Marquis gegangen sein und hätte gesagt: Holla! Aber meine Berta war lange tot, und was sollte ich mit der frechen Koralie? Was die Aristos sich einbrocken, müssen sie selbst auffressen. Nun, es ist ja gut gegangen, aber Koralie ist kein dankbares Kind. Sie denkt nur an sich, und das ist nicht brav!«

Es war ganz behaglich, bei der Alten zu sitzen. Im Kamin brannte ein Holzfeuer, und sie lag warm zugedeckt im Bett.

Als ich von dem warmen Feuer sprach, nickte sie. »Ja, das schöne Holz kriege ich von Duplay, dem Tischler, der nicht weit von mir wohnt. Es sind honette Leute und noch ein wenig mit mir verwandt. Koralie sagt, ich soll mich nicht um sie bekümmern, aber das fällt mir gar nicht ein. Madame Duplay ist schwach von Gesundheit, und manchmal helfe ich ihr in der Wirtschaft. Dafür geben sie mir Holz, denn bares Geld wird nachgerade knapp. Der König und seine Frau gebrauchen zu viel. Nun, bald werden sie ja abgesetzt. Es wird Zeit; Duplay sagt dasselbe. Zu ihm kommen die Jakobiner und reden über Frankreich. Der dicke Veto weiß nichts von Frankreich: Er füllt sich den Bauch mit Fressen, und das ist ihm die Hauptsache.«

Ich begann, ihr von der Königin zu berichten. Dass ich sie liebte, und wie gut sie gegen ihre Umgebung wäre, aber die Alte wollte nichts davon hören.

»Gehen Sie, Mademoiselle, das glaube ich doch nicht. Aber wir wollen uns nicht streiten. Sie sind ein braves Kind, und ich wünsche Ihnen einen guten Mann. Das ist für Sie die Hauptsache. An dem kleinen Vicomte ist eigentlich nicht viel, aber vielleicht kriegen Sie noch einen andern!«

Als ob ich einen andern hätte haben wollen! Aber ich erwiderte nichts, und die Lenoir schwatzte von anderen Dingen. Dass sie kein ordentliches Kleid anzuziehen hätte, und dass bei den Duplays nächstens Geburtstag wäre. Vielleicht würde sie eingeladen, aber in einem alten Kattunrock könnte sie nicht hingehen. Koralie aber hätte niemals etwas zum Anziehen für sie.

Ich versprach ihr mein braunes Kleid. Dasselbe, das von Tante Amelie stammt und das in Plön für mich zurechtgemacht ist. Ich habe es auf der Reise getragen und dann noch einige Male hier. Aber Koralie hat immer darüber gelacht, und jetzt trage ich meistens helle Kleider oder dunklere von Seide. Der Onkel gibt reichlich Geld für meinen Anzug.

Madame Lenoir freute sich über mein Versprechen, und als Melanie erschien, machten wir ab, dass sie mich morgen Abend wieder in die Rue St. Honoré bringen sollte. Denn die Alte wollte nicht, dass Koralie von dem Kleide erführe.

»Dann nimmt sie's mir womöglich weg!«, sagte sie. »Sie gönnt mir gar nichts, was ich an meine alten Knochen hängen kann – sagt, ich brauchte nichts mehr, weil ich alt bin. Liebe Zeit, auch alte Leute können nicht nackend laufen!«

Dies alles habe ich gleich heute Abend aufgeschrieben, weil ich nicht schlafen kann und das Haus so still ist. Der Onkel und Tante Amelie sind in eine Gesellschaft gefahren, und Koralie lässt sich nicht blicken. Ich habe keine Neigung, in die Küche zu gehen und mich mit den Domestiken zu unterhalten. In der letzten Zeit lachen sie manchmal hinter mir her; ich merke es wohl, und doch bin ich immer freundlich gegen sie. Aber Madame Royale klagt auch über ihre Leute, und das ist doch ein Verbrechen, wenn man nicht ehrerbietig gegen die Königstochter ist.

Also sitze ich allein in meinem Zimmer, die Kerzen brennen leise in ihren Leuchtern, und die Bäume im Garten rauschen. Gerade so, wie sie in Plön rauschten. Peter Fuchs lachte immer, wenn ich auf dies Rauschen hörte. Er sagte, ich sollte lieber auf ihn hören, und dass er mich lieb hätte. Das war lächerlich von ihm, weil ich ihn doch nie heiraten konnte. Aber diese Bürgerlichen bilden sich oft mancherlei ein, und Peter war überhaupt eingebildet. Niemals hat er mir die Hand geküsst, wie Jean dies so reizend tut. Er ist überhaupt nicht mit meinem Zukünftigen zu vergleichen, und ich wundere mich, dass ich von ihm schreibe. Es kommt von der großen Stille um mich her.

Andern Tags.

Ich bin außer mir und kann nicht schreiben. Jean und Koralle sind Verräter. Sie haben sich geküsst, und ich habe sie beide geschlagen! Ich lasse mir eine solche Infamie nicht gefallen, ich –

Juli, 1792.

Heute bin ich zum ersten Male wieder im Hause meines Onkels, und ich nehme mein Tagebuch vor. Ich hatte es in meiner Kommode vergraben, denn ich durfte es natürlich nicht mit ins Kloster nehmen. Würde auch keine Zeit gefunden haben zum Schreiben. Die Damen vom heiligen Herzen Jesu waren sehr gut, aber wir durften uns nicht immer mit uns selbst beschäftigen, und wahrscheinlich hatten sie recht. Jedenfalls muss ich heute lächeln, wenn ich denke, wie verzweifelt ich damals war. Ich kam früher von der alten Lenoir wieder, als man mich erwartete, trat in mein Zimmer und fand den Vicomte, wie er Koralie auf den Knien hielt und sie küsste. Ich war damals noch ein törichtes Kind und schlug auf beide Verbrecher los – Jean lachte, Koralie schrie, und der Onkel stand plötzlich vor uns. Was er sagte, weiß ich nicht; ich war viel zu wütend, aber schon am andern Morgen fuhr Tante Amelie mit mir ins Kloster. Sie war lieb wie immer und voller Trauer, mich von sich geben zu müssen: ihr Bruder aber wollte es nicht anders.

»Ich konnte mich so wenig um dich bekümmern, und du bist dir selbst zu viel überlassen gewesen!«, sagte sie

halb entschuldigend. »Mein Bruder verlangte meine Gesellschaft.«

»Und mich verlangte er nicht!« fiel ich ihr ins Wort.

Sie streichelte meine Hand.

»Du weißt, Ottony, wie lieb ich dich habe! Das Haus
wird sehr leer sein ohne dich, aber vielleicht ist es gut,
wenn du auf andere Gedanken kommst! Nach einem
halben Jahre hole ich dich wieder!«

Aus diesem halben Jahre sind mehr als zwei Jahre geworden, und ich wäre noch nicht zurückgekehrt, wenn
die ehrwürdige Mutter nicht alle jungen Mädchen nach
Haus geschickt hätte. Sie selbst wird mit den meisten
Schwestern emigrieren; es ist in Frankreich selbst ein
Kloster nicht mehr sicher. Die Religion ist auch anders
geworden: Wie, weiß ich nicht genau – wir haben viel
geweint und gebetet, aber die Zeiten sind doch nicht
besser geworden. Cécile Renaud und ich verließen ge-
meinsam das Kloster, und wir waren sehr traurig. Denn
wir hatten uns dort eingelebt und manche gute Stunde
in dem schönen weitläufigen Gebäude verbracht. Der
Klostergarten ist wohl doppelt so groß wie der von meinem Onkel, und in seinen langen Alleen sind wir viel
gewandert und haben viel gespielt. Ich habe vornehme
Bekanntschaften gemacht und bin einmal mit Mademoiselle von Narbonne auf ihrem Schloss und einmal bei
den Penthièvres gewesen. Vom alten Herzog war eine
Nichte unsere Genossin, und ich habe die Ehre gehabt,
Frau von Lamballe, seine Schwiegertochter, kennenzulernen. Sie muss in diesem Augenblick in den Tuilerien
bei den königlichen Herrschaften sein. Wir bedauern die

Königsfamilie von Herzen und hoffen, dass noch alles gut werden wird.

Andern Tags.

Ich saß vor meinem Tagebuch, als mein Onkel eintrat. Ich stand auf und machte ihm die im Kloster gelernte tiefe Verbeugung, die er artig erwiderte.

»Mademoiselle, derangieren Sie sich nicht!«, sagte er höflich. »Ich möchte mich ein wenig mit Ihnen unterhalten!«

Wir setzten uns einander gegenüber und betrachteten uns. Es war mir schon gestern Abend aufgefallen, dass sich der Onkel verändert hatte. Seine Haare waren unter dem Puder grau geworden, und statt der seidenen Röcke trug er einen einfachen Anzug von braunem Tuch. Der stand ihm nicht, er machte den Eindruck, als verkaufte er Käse.

Er hingegen schien mit meiner Erscheinung zufriedener zu sein.

»Du bist hübsch geworden«, sagte er, mich durch seine Lorgnette betrachtend. »Groß und schlank, dichtes blondes Haar und dunkle Augen – du wirst überall mit Anstand bestehen können!«

Ich erhob mich, um wieder eine tiefe Verneigung zu machen.

»Die Herzöge von Penthièvre und Narbonne haben ähnliches gesagt, Herr Onkel. Aber sie setzten hinzu, dass ich die Ehre hätte, Ihnen ähnlich zu sehen!«

Dies war eine krasse Lüge. Sie haben mir Komplimente gemacht, aber von dem guten Onkel ist nie die Rede gewesen. Doch den Männern ist keine Schmeichelei zu groß, sie glauben sie allemal, und auch der Onkel lächelte.

»Du hast jedenfalls bessere Manieren bei den frommen Damen gelernt, und ich freue mich, dass du dort gewesen bist. Für deine Tante und mich war deine Abwesenheit ein großes Opfer, aber da es zu deinem Besten war, brachten wir es mit Freuden!«

Hierauf entgegnete ich wieder einige wohlgesetzte Worte, wie ich sie gelernt hatte, und schließlich unterhielten wir uns recht gut. Dem Onkel muss man schmeicheln und ihn zu unterhalten versuchen. Als dummes Kind habe ichs damals nicht verstanden und musste dafür büßen. Im Grunde genommen wars keine zu starke Buße. Wenn der Vicomte von Barival eine Kammerzofe lieber hat als eine Baronesse von altem Adel, dann muss er seinen Neigungen folgen. Im Kloster habe ich darüber anders denken gelernt. Meine Genossinnen hatten fast alle ähnliche Erfahrungen gemacht und meinten auch, dass es besser wäre, mit dem Heiraten zu warten. *Eh bien*, ich habe mich getröstet. Jean ist übrigens schon lange außer Landes gegangen und gehört zu den Emigranten, die man auf eine Liste setzt, um sie zu bestrafen, wenn sie zurückkehren wollen. Wahrscheinlich werden sie sich hüten. Wir haben auch Krieg. Tante Amelie erzählte es mir, nachdem mich der Onkel verlassen hatte. Sie ist ganz unverändert, nur sehr blass. Sie sorgt sich um alles. Ihr Pfarrer ist abgesetzt, weil er in der Religion keine neuen Moden einführen will, und Tante Amelie sorgt im Stillen für ihn und für den Unterhalt seiner alten Schwester, die ihm den Haushalt führt. Aber niemand von der Dienerschaft im Hause darf es wissen, sonst könnte die gesetzgebende Versammlung davon erfahren, und Tante Amelie würde unter Anklage gestellt werden.

»Ich traue keinem Menschen mehr«, klagte Tante weiter. »Ehemals waren alle Dienstboten freundlich und willig, jetzt wissen sie niemals, ob sie für uns arbeiten wollen oder nicht! Ach, Kind, wir hätten nur eher reisen sollen! Mein stilles Plön, manchmal denke ich, dass ich es niemals wiedersehen werde!«

Sie trocknete sich die Augen ab und ich wusste ihr nicht viel zu erwidern. Ich glaube ja nicht an Gefahr – woher sollte sie kommen? – Aber für ältere Leute ist diese Zeit unangenehm. Besonders da viele abscheuliche Menschen nach Paris kommen. Als wir gestern durch die Straßen fuhren, sahen wir wohl fünfzig Kerle, die aussahen wie Verbrecher. Sie trugen Piken und Messer und ließen die Nation leben. Koralie hat sich bei mir wieder zum Dienst gemeldet. Sie trägt ein weißes Kleid und auf dem Kopf eine rote Mütze, wie sie von vielen Männern und Frauen getragen wird. Sie wollte mir die Hand küssen und tat erstaunt, als ich dies nicht zugab.

»Mademoiselle ist doch nicht mehr zornig auf mich?«, fragte sie mit treuherzigem Augenaufschlag.

»Weshalb sollte ich dir böse sein?«, fragte ich kühl.

Sie blinzelte mich an.

»Weil der kleine Vicomte mich küsste und die Mademoiselle so sehr zornig wurde. Ach, die jungen Herren sind immer so hinter armen, unschuldigen Mädchen her!«

»Wie befindet sich deine Großmutter?«, erkundigte ich mich, ohne ihr zu antworten, und Koralie machte ein ärgerliches Gesicht. Sie antwortete aber, dass es der Alten wie gewöhnlich ginge.

»Sie kann nicht mehr so viel trinken«, berichtete sie weiter, »darüber schilt sie sehr, aber ich habe nicht mehr so viel Gutes für sie. Die Zeiten sind immer schlechter geworden und der Herr Marquis lässt den Schlüssel zum Weinkeller nicht mehr stecken!«

Sie erzählte dann von Jakobinerklubs und dergleichen. Charles ist auch Jakobiner geworden, und zwei Lakaien sind entlassen, weil sie in der Küche aufrührerische Reden führten. Das kleine Hausmädchen Melanie hat ihren Schatz, einen Soldaten, geheiratet, und der ist Offizier in der Nationalgarde geworden.

Eigentlich gehen mich diese Dinge nicht viel an, aber man muss ihnen doch zuhören.

Ob es wohl in diesem Winter Gesellschaften gibt, und ob ich sie mitmachen werde? Ich möchte noch gern Stunden im Gesang haben und meinen alten Abbé wiedersehen, aber er ist aus seinem Hause gezogen und hat vergessen, seine neue Adresse zu geben.

Tante Amelie hat einen Brief von Herrn von Treusch. Sie sagte es mir errötend, und ich wusste nicht recht, wen sie meinte. Dann aber, wie sie mir einiges aus dem Schreiben vorlas, stand die alte gute Zeit wieder vor mir auf. In Plön ist noch alles beim alten. Der Herzog ist heiter und ärgert sich nur über die vielen Emigranten, die in die kleine Stadt kommen. Sie bringen Geld und Leben; er sollte sich ihrer freuen, aber die Menschen sind natürlich in dem Städtchen ebenso altmodisch wie die Häuser und die ganze Umgebung.

Tante Amelie spricht viel von Holstein. Sie hätte hinreisen sollen, als es noch Zeit war, jetzt sind die Grenzen gesperrt, und von uns Adligen darf niemand weg, es sei, die gesetzgebende Versammlung erlaubte es. Dabei steht an allen Ecken Freiheit und Gleichheit angeschrieben.

Andern Tags.

Onkel ging mit mir in die Tulerien, damit ich den Herrschaften meine Aufwartung machte. Er sagt, dies müsste sein, weil die Königsfamilie ziemlich einsam ist. Er war auf dem Wege sehr freundlich und sagte mehrmals, dass ich mich vorteilhaft verändert hätte. Aber er ist auch anders geworden, nicht mehr so selbstbewusst und so stolz. Ich war erstaunt, wie freundlich er alle ihm Begegnenden grüßte, auch Leute, die schlecht gekleidet waren. Im Übrigen sind fast alle Menschen einfach, wenn nicht schlecht gekleidet, sie tragen alle eine dreifarbige Kokarde, die ich mir auch anstecken musste. Eine rote Mütze habe ich noch nicht, ich werde sie aber wohl bekommen; denn diese phrygische Mütze ist die höchste Mode.

Ich sagte schon, dass wir zu Fuß in die Tuilerien gingen. Onkel hat seine Pferde dem Vaterland geschenkt, damit sie in den Krieg ziehen, der draußen an der Grenze ist. Er erzählte es mir und setzte hinzu, man müsste sich als guter Patriot beweisen. Für so edel hätte ich den Marquis kaum gehalten; aber eigentlich kenne ich ihn ja gar nicht. Damals, als dummes Kind, habe ich ihn wohl oft geärgert. Jetzt werde ich mich hüten, unfreundlich oder herrisch gegen Koralie zu sein; wenn sie des Onkels Tochter ist, hat er auch Verpflichtungen gegen sie. Mich wundert nur, dass er sie nicht öffentlich anerkennt. Die Kameradinnen im Kloster erzählten, dass sie von solchen Fällen wüssten. Dann könnte sie ja Jean de Barival heiraten und ich würde meinen Segen dazu geben. Noch immer werde ich rot, wenn ich denke, wie ich mich damals blamierte. Nun es wird nicht wieder vorkommen.

Diese Gedanken bewegten mich auf dem Wege zu dem Königsschloss, dann aber musste ich mich doch wundern, welch schreckliche Gesellen in dem großen Garten und auch dicht beim Schloss umherstanden. Kerle, die uns dreist musterten und allerlei über mich sagten. Ich verstand es nicht, und der Onkel grüßte auch sie zu meiner Verwunderung. Sie nickten kaum wieder und ich konnte mein Erstaunen nicht verbergen, aber ich wurde noch verwunderter, als ich die Tuilerien betrat. Überall standen Soldaten mit einem Gewehr oder einem Säbel im Arm. Onkel musste seinen Namen sagen, und dann erst durften wir in die Zimmer der Majestäten.

Frau von Tourzel kam uns entgegen, ließ sich zerstreut von mir die Hand küssen und rief gleich hinterher: »So etwas dürfen Sie nicht tun, mein Kind! Niemand darf mehr ehrerbietig sein!«

Dann schob sie mich in das Zimmer, in dem Madame Royale saß und stickte. Sie ist sehr groß geworden und so ernsthaft, dass sie mich nur mit einem flüchtigen Lächeln begrüßte. Sie steckte die Hände auf den Rücken, damit ich sie ihr nicht küsste, und begann gleich wieder zu nähen.

Die Prinzessin war einige Male in unserem Kloster gewesen, wenn wir Festlichkeiten hatten, und sie hatte mir immer Wohlwollen gezeigt. Auch heute fragte sie nach meinem Ergehen und nach einigen Kameradinnen. Aber wir konnten nicht lange ungestört miteinander sprechen. Vor ihrem Fenster drängten sich hässliche Männer und noch hässlichere Frauen – sie lachten und schrien abscheuliche Dinge, wie ich sie noch nie gehört hatte.

Marie Therese sah mein verstörtes Gesicht und zuckte die Achseln.

»Ja, Mademoiselle, hier bei uns ist es nicht angenehm. Mama wundert sich immer, dass wir noch leben, und Papa wird immer trauriger. Es ist schrecklich!«

Ihre Stimme zitterte, und sie weinte fast. Dann fuhr sie zusammen und beugte sich wieder über ihre Arbeit.

Die Tür war aufgegangen und ein junger Soldat trat ein.

»Wer ist denn bei Ihnen, Prinzessin? Sie müssen fleißig sein und nicht immer schwatzen. Junge Mädchen müssen fleißig sein, sonst kriegen sie keinen Mann!«

Der Soldat sprach fließend französisch, aber mit fremdem Klang. Marie Therese erwiderte nichts, sie war es gewohnt, von den Soldaten angeredet und ermahnt zu werden; aber ich konnte ein Lachen nicht unterdrücken.

»Nun, Peter Fuchs, du scheinst dich wenig verändert zu haben und hältst immer noch schöne Reden!«

Ich sprach Deutsch, obgleich mir diese Sprache nicht mehr sehr geläufig ist und ich sie nur zum Schreiben meines Tagebuches verwende, weil wenig Franzosen anderes als ihre Muttersprache verstehen.

Aber es war herrlich, Peters verdutztes Gesicht zu sehen.

Zuerst erkannte er mich nicht, dann besann er sich, ob er wichtig tun sollte, und endlich streckte er mir die Hand entgegen.

»Also, da bist du endlich, Ottony! Ich habe wohl an dich gedacht, aber zu dem alten Aristo, bei dem du im Haus bist, wollte ich nicht gehen. Und nun sehe ich dich hier bei den Vetos. Das ist kein Verkehr für dich! Du lernst hier nur Schlechtes.«

»Mein guter Junge, du scheinst mir ziemlich verrückt zu sein!« entgegnete ich ihm. »Was hast du überhaupt hier im Schloss zu suchen? Beim Herzog Peter konntest du vielleicht verkehren, weil der nichts Ordentliches vorstellt, aber in den Tuilerien, bei den vornehmsten Fürsten der Christenheit, hast du nichts zu suchen!«

Er war noch immer verblüfft, nun nahm er sich zusammen.

»Liebes Kind, das verstehst du nicht. Du bist eben eine Aristo, und die benehmen sich so dumm und unverständig, dass sie alle abgeschafft werden sollen. Mach nur, dass du hier wegkommst, diese Herrlichkeit dauert nicht mehr lange, und dann sag, wann ich dich besuchen kann. Denn ich will mich doch noch einmal um dich bekümmern und kann dir vielleicht einen guten Rat geben!«

»Vielen Dank!« Ich warf den Kopf in den Nacken. »Von solch einem grünen Soldaten lasse ich mir keinen Rat geben. Was willst du überhaupt in der Uniform? Du wolltest ja mit Wein handeln!«

Die junge Prinzessin hatte nun doch ihre Arbeit hingelegt und uns aufmerksam angesehen. Sie verstand kein Deutsch und fragte mich leise, wovon eigentlich die Rede wäre. Aber Peter, der eben noch ein rechtes Schafsgesicht gemacht hatte, antwortete anstatt meiner.

»Sie müssen nicht so neugierig sein, Prinzessin! Das schickt sich nicht! Wenn Sie nicht fleißiger sind, schicke ich Ihnen einen Offizier, der noch ganz andere Reden hält als ich!«

Wieder senkte Marie Therese den Kopf und stickte, während draußen Männer und Weiber schimpften und schrien. Ein Offizier kam jetzt und meldete, dass mein Onkel auf mich wartete, und ich musste mich verabschieden.

Der Offizier machte ein so wütendes Gesicht, dass ich kaum wagte, der Prinzessin die Hand zu geben. Von diesem Herrn wurde ich durch ein Zimmer geführt, in dem die Königin saß und mit zwei Damen eifrig flüsterte. Sie beachteten mich nicht, und ich wagte nicht, mich bemerkbar zu machen. Ihre Haare waren fast weiß geworden, und sie trug ein viel einfacheres Kleid als Tante Amelie, die immer keinen Wert auf Kleidung legte. Als ich vorüberging, hängten die Damen einen Vorhang vor das Fenster. Denn ein Mann hielt einen Galgen in der Hand, an dem eine Puppe hing.

»Das ist Marie Antoinette!«, schrie er. »Die Verräterin!«

Auf dem Korridor stand der arme König und sprach mit meinem Onkel. Er war rot im Gesicht und wischte sich die Stirn.

»Das ist unmöglich Marquis!«, sagte er gerade, als ich ihn mit einer tiefen Verneigung begrüßte. Ich tat es extra, weil einige Soldaten an den Türen standen und Gesichter schnitten.

Der König nickte flüchtig, sah sich nicht nach mir um und richtete kein Wort an mich. Das war nicht höflich, aber er hat niemals Manieren gehabt, und jetzt denkt er natürlich, es ist alles egal.

Mein Onkel war sehr sorgenvoll, als er dann mit mir nach Hause ging. Er bereut anscheinend, nicht eher abgereist zu sein; jetzt muss er sich vorsichtig benehmen. Wer jetzt reist, dem kann es übel ergehen.

Die Straßen von Paris sehen wunderbar aus. Alle Leute tragen die dreifarbige Kokarde und die rote Mütze, und die meisten von ihnen scheinen Räuber und Verbrecher zu sein.

Es war wirklich angenehm, wieder in unserem stillen Hause zu sein. Die Alleen des Gartens geben tiefen Schatten, und von der Straße kommt wenig Geräusch herüber. Tante Amelie geht auch fast nicht mehr aus und beschränkt sich auf den Garten. Sie fragte mich sehr aus und erzählte, wie das Volk schon einmal in den Tuilerien gewesen wäre und die königliche Familie beinahe getötet hätte. Sie weiß auch nicht, warum alle so zornig auf die armen Menschen sind. Es hängt mit den Kriegen zusammen. Ach, ich fürchte, mit den Gesellschaften wird es in diesem Jahre nicht weit her sein, und ich hatte mich gerade so auf die Abwechslung gefreut. Nun, ewig kann solch ein Zustand nicht dauern, die Franzosen werden schon wieder vernünftig werden.

1. August.

Heute besuchte mich die alte Lenoir. Sie hat sich nicht verändert, ist vielleicht ein wenig schwächer geworden. Jedenfalls behauptet sie es und berichtet von vielen Krankheiten. Koralie hat ihr viel zu wenig Wein gebracht: Daher wird sie es nicht mehr lange machen. Koralie, die neben ihr stand, lachte nur. Das Mädchen ist mir unangenehm. Sie ist viel hübscher geworden, aber sie hat einen frechen Ausdruck, und wenn man sie über den König sprechen hört, dann muss man sich ärgern. Darum lasse ich mir von ihr nichts mehr tun. Sie putzt sich den ganzen Tag, liest oder macht sich die Haare. Sobald sie weggegangen war, klagte ihre Großmutter sehr über sie.

»Sie ist nicht so gut wie Sie, Mademoiselle!«, sagte sie »Und sie will so hoch heraus! Bei Duplays kommt manchmal ein junger Mann, der sie gern heiraten möchte. Aber der ist ihr nicht vornehm genug, und sein Bruder ist doch Deputierter und ein großes Tier. Wenn der redet, dann schreien wir alle hurra!«

»Wie heißt der Deputierte?«, fragte ich zerstreut.

»Er heißt Robespierre, und der Bruder, von dem ich spreche, hinkt ein wenig. Das aber tut doch nichts, wenn sonst alles in Ordnung ist. Aber Koralie will einen Aristo, ich weiß es wohl. Das geht aber nicht an, die Aristos stehen nicht hoch im Kurs. Da soll sie nur davonbleiben! Und Sie, Mademoiselle, sollten aus den Tuilerien wegbleiben! Ich habe Sie neulich gesehen, wie sie mit dem Marquis hineingingen. Mit den Vetos muss man nichts zu tun haben, dabei kann man zu Schaden kommen!«

»Der König und seine Gemahlin sind sehr zu beklagen«, erwiderte ich, aber Frau Lenoir verzog den Mund.

»Das ist ihre eigene Schuld, wenn sie es jetzt nicht angenehm haben. Warum verraten sie Frankreich und schreiben an die fremden Könige, sie sollten herkommen und uns allen die Köpfe abschlagen? Ja, ja, Mademoiselle, Sie müssen nicht mit dem Kopf schütteln, als wäre dies nicht wahr. Es ist wahr, Tischler Duplay hat es mir erzählt. Und das ist ein großartiger Jakobiner, wie er sein soll. Koralie will nicht hin zu den Leuten, weil sie sich einbildet, mehr zu sein als sie. Den jungen Robespierre hat sie gewissermaßen auf der Straße kennengelernt und will auch bei ihm nicht anbeißen. Zu dumm von ihr, Mademoiselle, seien Sie nicht so dumm, wenn's einmal darauf ankommt.«

Sie erzählte dann noch viel von der Flucht der königlichen Familie nach Varennes im vorigen Jahr und vom letzten Junitage, wo sie auch in den Tuilerien gewesen war, um mit anderen Frauen der Königin die Wahrheit zu sagen. Aber sie war nicht dazu gekommen; es drängten sich zu viele Menschen, um Marie Antoinette in der Nähe zu sehen.

Ich wusste wenig von all diesen Sachen, daher hörte ich ihr unwillkürlich zu. Ach, im ersten Jahre hatte ich mich sehr oft aus dem Kloster gesehnt, um wieder nach Paris zu kommen; jetzt wünschte ich, wieder in den stillen Klostermauern zu sein, und nichts von diesen schrecklichen Dingen zu erfahren. Ganz wahr waren sie natürlich nicht; aber ich wollte doch Tante Amelie bitten, mir die Wahrheit zu sagen.

Cécile Renaud besuchte mich heute. Auch ihr Vater ist sehr besorgt, was die nächste Zukunft bringen wird. Aber er führt noch seine Geschäfte und sitzt zu Gericht. Es sind viele Verbrecher abzuurteilen, und er hat viel zu tun. Cécile wird wahrscheinlich mit ihrer Mutter aufs Land gehen und hofft, dass sie Paris verlassen darf. Ihre Dienstboten haben sie zum Teil verlassen; aus welchem Grunde, kann sie nicht sagen. Aber sie wollen frei sein!

Cécile und ich sprachen so ernsthaft miteinander wie sonst niemals. Beim Abschied umarmten wir uns und gelobten uns ewige Treue. Dann lachten wir beide. Ehe sie aufs Land geht, werden wir uns jedenfalls wiedersehen.

Als sie gegangen war, ließ sich ein Soldat der Nationalgarde bei mir melden. Es war natürlich Peter Fuchs, und ich empfing ihn nicht gerade freundlich.

»Es schickt sich nicht für eine junge Dame vom Stande, einen Mann allein zu empfangen!«, sagte ich, und Koralie, die ihn mit ihrem neugierigsten Gesicht in mein Zimmer brachte, erhielt den Befehl, meine Tante zu suchen, und sie zu bitten, mir Gesellschaft zu leisten.

Peter war bestürzt über den kalten Empfang, aber dann setzte er sich ohne Aufforderung.

»Kleine Puppe, du scheinst mir hier sehr hochnäsig geworden zu sein. Das würde ich mir nicht mehr merken lassen. Euch Aristos wird's nämlich sehr bald übel ergehen, wenn ihr euch nicht ändert!«

»Hast du darüber zu bestimmen?«, erkundigte ich mich, und er strich unter seiner Nase herum, als hätte er dort einen Schnurrbart, während es nur ein paar elende Härchen waren. Sonst ist er nicht so übel in seiner Uniform, und seine Haare wachsen hübsch lockig an den Schläfen, aber er ist doch nur ein einfacher Bürgerssohn.

»Ottony«, sagte er jetzt. »An deiner Stelle würde ich nicht dumm sein, sondern auf einen guten Rat hören. Du und deine Tante sollten machen, dass ihr aus Paris wegkommt. Nächste Woche habe ich die Wache an der Porte St. Martin, dann will ich euch wohl entschlüpfen lassen. Ihr könnt euch ein wenig verkleiden, und ich setze euch auf einen Gemüsekarren, von dem ich den Bauern kenne. Wenn ihr schon draußen seid, wird's auch weiter gehen. In Havre liegen immer Schiffe, die die Emigranten nach England oder Hamburg bringen: Ein Kamerad von mir hat einen Onkel, und der ist Schiffskapitän. An den könnt ihr eine Empfehlung bekommen!«

»Und was darf mein Onkel tun?«, erkundigte ich mich.

»Wenn er will, mag er mitkommen. Er steht allerdings schon auf der Liste der schlechten Bürger, aber augenblicklich wird er schwerlich schon immer beobachtet.«

»Und weshalb steht er auf der Liste?«

Peter wurde ungeduldig.

»Lass das ewige Fragen, Ottony. Ich würde wahrhaftig nicht in das Aristohaus hier gehen, wenn du nicht darin wärest. Ich muss dich vor Unannehmlichkeiten bewahren, da du meine Braut bist!«

Bis dahin bewahrte ich meinen Ernst, nun musste ich laut lachen.

»Du bist sehr gütig, Peter Fuchs, aber es ist mir nicht bewusst, dass ich die große Ehre habe, deine Braut zu sein.«

Er wurde puterrot.

»Wir haben's doch abgemacht, kleine Puppe, und was man verspricht, muss man halten!«

Nun stand ich auf und machte eine entlassende Handbewegung.

»Herr Fuchs, Sie haben keine guten Manieren. Ich mache Ihnen keinen Vorwurf daraus; aber der Verkehr mit Ihnen ist mir keine Freude. Bitte, wollen Sie mich verlassen. Für eine Baronesse Kelchberg schickt es sich nicht, den Besuch von gemeinen Soldaten anzunehmen.«

Nun erhob er sich und war gerade so böse wie ich.

»Gewiss, ich will dich verlassen, denn du bist hier in Frankreich noch dümmer geworden als einstmals in Plön. Für dich ist's nicht schade, wenn du deine Strafe erhältst, aber für deine Tante tut es mir leid. Außerdem habe ich dem Kammerherrn von Treusch versprochen, nach ihr zu sehen, wenn ich nach Paris käme. Nun, ich werde ihm schreiben, wie albern du bist!«

In der Tür drehte er sich noch einmal um.

»Versteck dein Geld und deine Schmucksachen, wenn du welche hast – diesen guten Rat will ich dir noch geben. Sonst kenne ich dich nicht mehr!«

»Und ich dich auch nicht!«

Ich hörte ihn die Treppen hinunterlaufen, und als ich die Tür öffnete, um zu sehen, ob er das Haus verlassen hatte, stand Koralie da, die mich unverschämt anlachte.

»Der Herr Liebhaber ist wohl im Zorn gegangen?«

Ich richtete mich in die Höhe.

»Du beurteilst mich nach deinem eigenen Benehmen. Eine Baronesse Kelchberg benimmt sich anders, als eine Kammerzofe, die keinen Anstand kennt!«

Ihre Augen funkelten, und sie wurde atemlos vor Wut.

»Die Mademoiselle ist sehr von oben herab! Sie sollte sich hüten. Auch die Kammerzofen können sich rächen!«

»Versuche es!« Nachlässig wandte ich mich wieder ab.

Ich sah Tante Amelie die Treppen hinaufgehen und fragte sie, weshalb sie nicht zu mir gekommen wäre. Sie war sehr überrascht. Koralie hatte ihr nicht Bescheid gesagt.

»Ich möchte sie schlagen!«, rief ich wütend, aber die Tante legte mir die Hand auf den Arm.

»Du musst dich beherrschen, Ottony! Nur keine Szenen. Wir sind alle in Gefahr!«

Sie war so erregt, dass ich lachen musste. Aber sie hörte kaum auf meine Neckerei, dass ich von Herrn von Treusch gehört hätte. Unruhig ging sie in meinem Zimmer auf und nieder und strich sich über die ergrauenden Haare. Um sie zu beruhigen, erzählte ich ihr von Peters Vorschlag, dass wir alle fliehen sollten. Sie schüttelte den Kopf.

»Es ist zu spät dazu, und dein Onkel würde sich nie dazu verstehen! Er hat dem König versprochen, ihn nie zu verlassen!« Es ist sonderbar, bis dahin dachte ich nicht an Flucht, wie ich aber Tante Amelies sorgenvolles

Gesicht sah, tat es mir leid, nicht fliehen zu können. Allerdings hätte ich keine Lust, nach Plön zu gehen, wo es so langweilig ist. Um sie auf andere Gedanken zu bringen, erzählte ich ihr von Peters Rat, etwaige Schätze zu verstecken. Sie hörte aufmerksam zu.

»Ich werde es meinem Bruder sagen. Wenn man die Menschen sieht, die in den Straßen umherstehen, dann erscheint Vorsicht allerdings geboten!«

Als sie gegangen war betrachtete ich meine eigenen Schätze. Sie waren nicht der Mühe wert zu verstecken.

Mein erstes Tagebuch habe ich vollgeschrieben, das zweite ist eben erst begonnen. Jetzt komme ich nicht dazu, in meinen eigenen Aufzeichnungen zu blättern, einmal, wenn ich alt bin, wird es mir vielleicht Vergnügen machen. Also versteckte ich mein Buch hinter dem Paneel, das an einer Stelle schadhaft ist, und wo man die Leiste zur Seite schieben kann. Dazu legte ich eine Perlenschnur, die noch von meiner Mutter stammt, und einige Goldstücke, die der Onkel mir kürzlich schenkte. Außer meinem blauseidnen habe ich noch ein Kleid aus rosa Seide und einige weiße aus Perkal. Die kann ich leider nicht verstecken, niemand wird sie mir auch nehmen.

Aber das Verstecken ist ganz interessant; und beim Essen, als Charles hinausgegangen war, fragte ich den Onkel, ob er auch sein Geld verbergen wollte.

Ich sprach höflich und geziert, wie er es liebt, und er hörte mich ruhig an.

»Du hast dir etwas einbilden lassen!«, sagte er dann. »Niemand in Paris wird es einfallen, in unsere Häuser zu dringen und dort zu rauben. Dazu leben wir doch in einem geordneten Gemeinwesen. Aber, wenn es dich beruhigt« – er stand plötzlich auf und griff nach einem kleinen Kästchen. »Es ist nicht viel darin, aber du kannst es mir verwahren!«

Als Charles wieder eintrat, lag dies Kästchen schon auf meinem Schoß und nachher habe ich es hinter das Paneel geschoben. Tante Amelie hat auch etwas in ihrem Zimmer versteckt, ich glaube, es sind die Briefe ihres alten Anbeters. Ich könnte mir nicht denken, dass irgendein Verbrecher Spaß an ihnen findet, aber Tante Amelie hat diese kleine Arbeit beruhigt.

11. August.

Es ist schrecklich! Ach, wie sehne ich mich nach dem Kloster, ja sogar nach Holstein. Aber ich will berichten. Der Onkel ging vorgestern Abend in die Tuilerien und kehrte nicht zurück. Tante Amelie schlief die ganze Nacht nicht, weil sie fürchtete, ihm wäre etwas zugestoßen, und als wir am andern Morgen Kanonendonner hörten, gingen sie und ich in dichten Schleiern und langen Mänteln nach dem Schloss. Charles erbot sich, uns zu begleiten. Er war nämlich selbst neugierig und aufgeregt und wollte gern wissen, was los wäre.

In der Straße St. Honoré kamen wir schon ins Gedränge, weil eine Menge Soldaten hier standen; auch Leute, die nur Piken trugen. Wir wollten zurück, konnten aber nur vorwärts. Charles war plötzlich verschwunden, und als Kanonen angefahren kamen, flüchteten wir in ein Haus. Einige Leute kamen mit uns hinein, schlossen die Haustür ab und gingen ins erste Stockwerk. Wir folgten

ihnen, erhielten in einem großen Raum einen Fenster-
platz und konnten von hier aus die Tuilerien und den
Garten davor sehen. Gerade in dem Augenblick, als es
schien, dass eine Kanonade aufs Schloss beginnen sollte.
Ein junger Herr, der neben mir stand, sagte es wenigstens. Es war ein Offizier der republikanischen Armee,
wie er das Heer nannte, und er hatte noch einige Kameraden bei sich. Sie waren alle höflich und brachten uns
Stühle, sodass wir für den Augenblick keine Unannehmlichkeiten hatten. Und dann sahen wir etwas Schreckli-
ches. Zuerst einen langen Zug – den König, die Königin,
ihre Kinder und Madame Elisabeth, die Schwester des
Königs. Sie gingen alle hintereinander her, mit ihnen
ging ihr Hofstaat und eine Reihe von Deputierten, während eine große Volksmenge versuchte, in ihre Nähe zu
kommen.

Viel Militär begleitete sie. Einmal schien es mir, als sähe
ich Peters freches Gesicht neben der Königin, aber dann
war er verschwunden. Ich konnte auch nicht mehr an
ihn denken, es war zu herzbrechend, die armen Herrschaften so inmitten der Menschen gehen zu sehen, die
sie unfreundlich anstarrten oder Beleidigungen sagten.
Hören konnten wir die Worte nicht, aber der Kapitän,
der neben mir stand, sagte es. Er sagte mir auch, dass die
Herrschaften jetzt in die Nationalversammlung gingen,
um sich in den Schutz der Deputierten zu begeben. Ich
musste weinen, denn ich fürchte, diese Deputierten taugen alle nichts, aber der Kapitän lachte über meine Tränen.

»Unter den Deputierten sind sehr ordentliche Leute,
die es besser mit Frankreich meinen als mancher Roya-

list!«, sagte er, und ahnte nicht, dass auch ich eine Roya-
listin war. Aber ich hatte keine Zeit, mit ihm zu streiten.
Kaum war der Zug mit dem König verschwunden, als
die Soldaten einen Angriff auf die Tuilerien machten. Sie
schossen mit Kanonen und mit Gewehren, die Schwei-
zergarde, die das Schloss zu bewachen hatte, antwortete,
aber sie waren wohl zu schwach, sich zu verteidigen.
Wir sahen Tote und Verwundete, hörten Geschrei und
immer Schüsse. Tante Amelie und ich zogen uns vom
Fenster zurück, die Offiziere nahmen unsern Platz ein
und sprachen lebhaft miteinander.

Der Kapitän wurde aufgeregt. Er sagte, die Tuilerien
sollten sich anders verteidigen: Das Volk, das sie angrif-
fe, müsste zusammengeschossen werden; aber davon
schien nicht die Rede zu sein. Bald riefen die Herren,
dass Sensen- und Pikenmänner ins Schloss eindrängen,
und es schien ein entsetzliches Blutvergießen zu werden.

Zitternd hockten wir in der äußersten Ecke des Zim-
mers, bis es wieder ruhig wurde und der Kapitän sich
erbot, uns nach Haus zu bringen. Mit seiner Uniform
konnte er sich durchdrängen, und niemand belästigte
uns. Die Straßen waren viel leerer geworden, alle Hor-
den waren in den Tuilerien und plünderten nach Her-
zenslust.

Herr Bonaparte, denn so nannte sich der junge Offizier,
brachte uns bis an unseren Garten und verabschiedete
sich sehr artig. Wir haben ihm nicht viel gedankt, wir
mussten an den armen Onkel denken, ob der auch bei
diesem Schlachten ermordet wäre, aber er kam uns
wohlbehalten entgegen und schalt nur, dass wir uns in
die unruhige Stadt gewagt hätten. Aber er schalt nicht

lange. Er war müde und verzagt. Er weiß nicht, was werden soll. Es war ein schrecklicher Tag. Vielleicht wäre es doch gut, wenn ich Peters Anerbieten annähme und die Verwandten bewöge, zu fliehen.

16. August.

Charles ist nicht wiedergekommen, und die Köchin Minette ist gleichfalls verschwunden. Koralie brachte uns die Nachricht und lachte schadenfroh.

»Nun müssen sich die Aristos selbst die Suppe kochen, die sie sich einbrockten!«

Ich spreche überhaupt nicht mehr mit ihr, also antwortete ich ihr nicht. Ich freute mich aber, dass der Onkel ihre Worte hörte. Er stand nämlich im Nebenzimmer und ging jetzt auf die freche Person zu.

»Du sprichst so hässlich über die Aristokraten, wo du im Hause eines vornehmen Mannes so viel Gutes genossen hast?«

Sie sah ihn trotzig an.

»Das Gnadenbrot schmeckt nicht immer gut, Herr Montmédy!«

Der Onkel sah sie erstaunt an.

»Ich bin Marquis!«, sagte er trocken, aber Koralie lachte.

»Das hört auf, Herr Montmedy!«

Weshalb war sie wohl so unverschämt gegen den Onkel? Ich hab's niemals verstanden. Er war immer gut gegen sie und hatte sie verwöhnt, sodass sie dankbar sein sollte. Ich aber freute mich; denn der Onkel lernte Koralie einmal von ihrer wahren Seite kennen. Er antwortete ihr übrigens nicht, wandte sich ab und stützte den Kopf in die Hand. Er war blass und traurig. Er liebte seinen König und sah ein, dass ihm nicht mehr zu helfen war.

Ich schreibe diese Worte noch spät am Abend. Der Onkel und Tante Amelie schlafen noch nicht. Ich höre sie im Zimmer der verstorbenen Tante miteinander flüstern. Morgen werde ich versuchen, mich mit Peter in Verbindung zu setzen. Wir wollen natürlich fliehen.

Der König und seine Familie sind im Tempel. Onkel ist gleich hingegangen, um ihnen seine Aufwartung zu machen, und ich habe Wäsche für Madame Marie Therese schicken müssen. Sie hat nichts mitgenommen bei ihrem Auszug aus den Tuilerien. Die Armen! Aber sie sollen mutig sein.

Zweites Buch

15. September. Karmeliterkloster.

Ich bin im Gefängnis. Ganz allein, ohne den Onkel und Tante Amelie. Sie sollen auch irgendwo eingesperrt sein, aber ich weiß nicht wo. Ich bin allein. Zuerst dachte ich sterben zu müssen, aber ich bin noch am Leben, und eigentlich ist es ein Wunder. Vielleicht muss ich auch bald auf die Guillotine. So heißt nämlich ein Ding, mit dem der Kopf schnell abgehackt wird. Es soll sehr weh tun. Aber es wird Mode, guillotiniert zu werden. Freiheit, Gleichheit und Brüderlichkeit, so heißt der Wahlspruch der neuen Republik, und unter dieser Devise werden wir getötet.

Jeden Tag kommt ein Karren, der die zum Tode Verurteilten zum Richtplatz fährt. Es ist aufregend, wenn die

Soldaten kommen, ein Blatt aus der Tasche ziehen und vorlesen, wer auf den Karren steigen soll. Die alte Herzogin, deren Zelle ich teile, betet jeden Abend ihr Sterbegebet, aber bisher ist ihr Name nicht aufgerufen worden.

Wie alles kam, kann ich wirklich nicht sagen und auch diesen Blättern nicht erzählen, die ich hier im Gefängnis gekauft habe. Das Papier ist grob und die Feder kratzt; aber ich bin froh, mich beschäftigen zu können. So langweilig ist es hier und so dunkel. Wo wohl der Onkel und Tante Amelie sind? Niemand weiß es zu sagen, und Koralie, die liebe, gute, ist nicht in der Nähe. Schade drum, ich würde sie töten. Die Herzogin, der ich die Geschichte berichtete, sagt: »Die Rache ist Gottes«; aber ich finde, Gott hat uns verlassen, und wir müssen uns selber helfen.

Ich habe Koralie nicht beachtet, vielleicht verachtet; aber dass sie mich verriet – ich koche, wenn ich daran denke!

Es war in den letzten Tagen des August, dass ich Charles bat, mit mir zu Cécile Renaud zu gehen. Sie war nämlich noch in der Stadt, und ich wollte mich mit ihr aussprechen. Der Onkel war meistens außerhalb des Hauses, bei irgendeiner Besprechung, und Tante Amelie ging in die Nachbarschaft zu unseren Armen. Sie brachte ihnen zu essen, denn die Menschen beginnen zu hungern. Also Charles begleitete mich zu Renauds, einige Straßen weit. Er war schlechter Laune, aber das war er seit einiger Zeit immer, und ich kümmerte mich nicht darum. Er trug seine rote Mütze, seine Kokarde, und ich war ebenso verziert. Außerdem war ich sehr einfach gekleidet, und es achtete auch niemand auf uns. Viele Menschen waren auf der Straße, unter ihnen dieselben abscheulichen Männer, die ich schon am 10. August, als die arme Königsfamilie die Tuilerien verließ, gesehen hatte.

»Woher kommen eigentlich alle diese Banditen?«, fragte ich Charles, der mir einen schiefen Blick zuwarf.

»Das sind ebenso gut Menschen, wie Mademoiselle einer ist!«, erwiderte er patzig.

»Hoffentlich mache ich nicht solchen unangenehmen Eindruck wie diese Lümmel!« lachte ich, worauf er kein Wort erwiderte und weiter maulte.

Die Renauds hatten vor einer Stunde das Haus verlassen. Eine Frau, die uns öffnete, erzählte es. Der Parlamentsrat hatte die Erlaubnis von der Nationalversammlung erhalten, sich auf dem Lande zu erholen, und seine Familie durfte ihn begleiten.

Ich war enttäuscht, aber Charles murmelte etwas, das wie eine Verwünschung klang.

»Weshalb sagen Sie etwas so Unhöfliches?«, erkundigte ich mich, und er setzte seine rote Mütze fester auf den Kopf.

»Ich sage, dass die Nationalversammlung nicht so dumm sein sollte, alle Volksverräter entwischen zu lassen!«

»Herr Renaud ist doch kein Volksverräter!«, rief ich zornig.

»Alle sind sie es! Alle!«

Weil er so böse war, sagte ich nichts weiter, und wir gingen schweigend heimwärts. Vor unserm Gartentür standen zwei Nationalgardisten, die, als ich eintreten wollte, den Eingang mit ihren Gewehren versperrten. »Hier darf niemand herein!« »Wie? Ich darf nicht in das Haus, in dem ich wohne?«

Ich fragte es so erstaunt, dass die zwei ihre Gewehre senkten.

»Wohnt sie wirklich hier?«

Charles nickte und setzte einige Worte hinzu, die ich nicht verstand. Ich achtete auch nicht auf ihn, sondern eilte ins Haus, über mich kam solche große Angst. Die Tür stand offen, nirgends war ein Mensch zu sehen. Nur ganz oben hörte ich Stimmen, Schelten und Gelächter.

Wie ich die Treppen hinaufkam, weiß ich nicht, ich stand in meinem Zimmer, in dem Frau Lenoir auf dem Bett saß. Koralie aber zog gerade mein blauseidenes Kleid an und betrachtete sich im Spiegel.

»Steht's mir nicht gut, Großmutter? Besser als der hochnäsigen Aristo, mit ihrem blassen Gesicht und ihren gelben Haaren?«

Ich stürzte mich auf sie mit erhobener Hand.

»Unverschämte! Heraus aus meinen Kleidern!«

Koralie starrte mich an.

»He! Bist du noch hier? Solch Fratz wie du gehört ins Gefängnis!«

Ich war so erstaunt über ihren Ton, dass ich regungslos stehen blieb. Sie schimpfte mich, sie nannte mich du – was bedeutete das?

Frau Lenoir fasste meinen Arm.

»Ärgern Sie sich nicht, Mademoiselle! Koralie ist gleich so lebhaft. Aber das Volk regiert ja nun, und alles wird besser werden!«

»Ja, alles wird besser werden!« setzte Koralie hinzu, während sie einige kleine Schmucknadeln, die auf meiner Toilette lagen, ansteckte. Dann riss sie eine Schieblade auf.

»Ich werde jetzt deine Hemden tragen und deine Röcke. Sie passen mir, und du kannst sie doch nicht gebrauchen.«

Ich war so verwirrt, dass ich zusah, wie Koralie meine Wäsche aus den Schiebladen zerrte und ein Bündel davon machte. Sie musste verrückt geworden sein.

Frau Lenoir zog mein seidenes Federkissen aus dem Bett.

»Koralie packe das für mich ein, mich friert immer so!« Koralie hörte sie nicht. Sie ging zur Tür und rief hinaus: »Die Aristokratin ist hier! Sie muss gleich verhaftet werden, sonst läuft sie davon!«

Dann kamen Soldaten und führten mich weg. Ich wollte nicht gehen, aber sie drohten, mich zu erschießen, falls ich nicht gehorchte.

Koralie stand dabei und hielt sich die Seiten vor Lachen.

»Siehst du wohl, Aristo, wie es dir geschieht? Geschlagen hast du mich und verachtet. So viel mehr warest du immer als ich! Schöne Kleider hattest du und goldnen

Schmuck! Ich aber musste leer ausgehen und hatte doch mehr Recht als du!«

Frau Lenoir schimpfte nicht. Sie sprach mit den Soldaten, packte einige Sachen zusammen und drückte sie mir in die Hand.

»Nimm das nur mit! Du bist nun einmal verwöhnt und musst Wechsel haben!«

Der eine Soldat hatte kein übles Gesicht. Ihn fasste ich am Arm.

»Mein Herr, bringen Sie mich zu meinem Onkel!«

Er wandte sich mürrisch ab.

»Was weiß ich von deinem Onkel? Ich bin auch kein Herr, sondern der Bürger-Korporal!«

Dann ging's ins Gefängnis. Es war alles wie eine Komödie. Auf den Straßen gingen Soldaten mit anderen Gefangenen, die sie stießen und schimpften. Vornehme Herren und Damen waren darunter, einige hatte ich schon gesehen. Dann war ich im Kloster der Feuillants, wo ich mit zwei anderen Damen eine Zelle teilte. Eine von ihnen war eine Gräfin, die andere die Frau eines vornehmen Beamten. Sie waren ebenso erstaunt, wie ich; dass sie verhaftet waren, musste ein Missverständnis sein. Aber es kamen immer mehr Verhaftete – das Refektorium füllte sich, und schlecht gekleidete Menschen nannten sich unsere Wächter und stießen mit uns herum. In der Nacht hatten wir keine Betten, sondern schmutzige Decken, nichts Ordentliches zu essen, und niemand sagte uns, was wir eigentlich verbrochen hätten. Wir konnten aber frei umhergehen, und ich versuchte, mich nach meinem Onkel und nach Tante Amelie zu erkundigen. Es konnte doch sein, dass sie auch hier wären. Niemand aber wusste etwas von ihnen, selbst nicht diejenigen, die den Marquis kannten.

Ich beruhigte mich. Sie waren natürlich entwichen und würden schon dafür sorgen, dass ich frei würde. Das Ganze war sicherlich ein Missverständnis: Einige junge Herren, die auch ohne Grund eingesperrt waren, bestätigten meine Vermutungen. Es war alles ein Missständnis, und bald würden wir alle wieder frei werden.

Die Prinzessin Lamballe war gleichfalls im Kloster und hatte die Güte, sich meiner zu entsinnen. Aber sie dachte immer an das arme Königspaar, das in den Tempel gebracht worden war. Wie es ihnen wohl ginge und ob sie auch alles hätten, was zu ihrer Bequemlichkeit diente? Diese Gedanken beschäftigten sie am meisten, und im Übrigen zog sie sich zurück und las viel in einem kleinen Erbauungsbuch, das sie in ihrer Tasche trug.

Als sie dann am zweiten September vor den Gemeinderat gerufen wurde, gab sie mir das Buch in Verwahrung und einige andere kleine Sachen. – – –

Sie ist nicht wiedergekommen. Wir, die wir an diesem Tage und auch an den zwei folgenden nicht vor den Gemeinderat gerufen wurden, haben die Prinzessin niemals wiedergesehen. Auch nicht einen der anderen Gefangenen, die vor Gericht gefordert wurden. Wir hörten die Sturmglocken, den Kanonendonner, und einige der Wärter berichteten uns, was in Paris vorging.

Ein kleiner Aderlass für die Aristos und die Pfaffen wurde gemacht, es war notwendig für die neue Republik. Und sie beschrieben, wie Lamballes Kopf der Königin gezeigt wurde, die dann in Ohnmacht fiel. Dreihundert Henker aus Marseille und dem Süden waren es, die Adel und Geistlichkeit zur Ader ließen.

Ich schreibe ruhig über diese Schrecknisse, denn ich bin abgestumpft worden. Jeden Tag kommt der Karren, und auch ich kann täglich gerufen werden. Ich bin eine Aristo, und ich will es bis an mein Lebensende bleiben.

Als wir damals in Wagen gepackt wurden, um ins Karmeliterkloster übergeführt zu werden, dachten wir alle, Alte und Junge, nun kämen die Säbelmänner und schlügen uns nieder, wie die anderen gemordet waren. Aber sie selbst mochten wohl nicht mehr. Die Straßen schwammen in Blut, und die Leichen wurden ihnen lästig. Im Karmeliterkloster sah es entsetzlich aus, als wir hineinzogen. Wir Frauen mussten helfen, den Vorraum von Blut zu reinigen, und die Männer mussten die hingemordeten Mönche und Aristokraten im Klostergarten begraben. Die Bürgersoldaten standen dabei und machten Witze, über die Toten, über uns. Den Schlimmsten von ihnen haben zwei Kavaliere, die beim Begraben halfen, hinten an den Beinen gepackt und in die Grube zu den Toten geworfen. Die Kameraden holten ihn wieder heraus. Aber er war vor Schreck gestorben. Darauf sind die beiden Herren schon am nächsten Morgen auf die Guillotine gebracht worden. Sie freuten sich aber noch auf dem Schafott über ihren Streich, und die Soldaten sind stiller geworden.

Die alte Herzogin, mit der ich eine Zelle teile, sagt, Gott würde uns rächen – aber auch ich möchte gern noch einige von den Verbrechern töten, ehe ich selbst sterbe.

Dezember.

Ich schreibe nicht mehr viel, obgleich ich noch immer Papier habe und auch genug Zeit. Aber es ist so kalt, dass meine Finger die Feder nicht halten können, und in der Zelle dürfen wir kein Licht brennen. Wenn ich aber abends ins Refektorium gehe, wo wir Gefangenen uns einige Stunden aufhalten dürfen, dann haben wir uns immer viel zu erzählen, und zum Schreiben kommt man nicht. Unsere Gesellschaft wechselt sehr. An manchen Tagen werden viele vom Karren geholt, am anderen wenig. Und es kommen immer neue dazu. Mein alter Abbé war auch zwei Tage bei uns. Gerade hatten wir uns gefunden, als er abgeholt wurde. Er liebte Gott und seinen König: Das war sein Verbrechen. Ich habe mir die Tränen abgewöhnt. Aber, als ich von ihm Abschied nahm, konnte ich vor Schluchzen nicht sprechen. Er legte die Hände auf mein Haupt und sprach einen leisen Segen. Er starb gern. Zusammen mit ihm wurde meine alte Herzogin auf die Guillotine gebracht. Die alte Dame war in der Nacht vorher sehr aufgeregt; ich musste ihr die Haare machen und sie pudern.

»Diese Rotüre soll nicht sagen, dass ich unfrisiert vor meinen Herrgott komme!«, sagte sie. Dann schenkte sie mir ihre irdische Habe. Einen Kamm und einige Goldstücke, die sie in ihren Schuhen trug. Der Kamm kam sehr gelegen; denn die wenigen Sachen, die Frau Lenoir mir damals in die Hand steckte und unter denen sich ein Kamm und ein paar Strümpfe befanden, wurden mir gleich gestohlen. Es ist gut, dass einige Händler zu uns kommen dürfen. Sie stehen dann draußen vor dem Gitter und bieten uns allerhand Notwendiges an. Unsere

Wäsche müssen wir uns selbst waschen, und die Frauen der Wächter stehen lachend dabei.

»Seht die Aristos, wie schlecht sie ihre Hände bewegen können! Zu nichts ist dies Volk zu gebrauchen!«

Weihnacht.

Ob es irgendwo in der Welt noch einen Ort gibt, wo man Weihnacht feiert? Wo die Glocken läuten, die Orgel in den Kirchen gespielt, wo das Evangelium der Liebe gepredigt wird? Wie kalt ist es hier, wie traurig! Gestern, am vierungzwanzigsten, saßen wir alle still beieinander. Selbst die Lustigsten, die noch lachen können, wenn der Wagen sie holt, selbst diese sagten nichts. Es wurden keine Karten gespielt, keine Gedichte aufgesagt. Heute Morgen hoffte ich, dass der Karren nicht vorfahren würde – er kam aber doch. Wieder ist es meine Zellengenossin, die geholt wurde. Es war die Frau eines Kaufmanns aus Arras. Sie kam nach Paris, um sich für ihren Vater zu verwenden, der ohne Grund im Gefängnis sitzt. Ehe sie zu Robespierre kam, der der Deputierte für Arras war, wurde sie arretiert. Nun ist sie schon tot, während drei kleine Kinder auf sie warten.

Januar 1793.

König Ludwig ist hingerichtet. Wir haben es gleich erfahren und die Zeitung gelesen, in der sein Tod beschrieben wurde. Es ist bitter kalt, und wir haben Holz für den Kamin im Refektorium gekauft. Da sitzen wir nun und sprechen über Ludwig und was aus Marie Antoinette werden wird. Ich muss an Madame Royale denken. Ob sie auch so frieren muss wie wir? Manchmal tanzen wir abends, um warm zu werden, und dazu lachen wir und singen. Wir werden ja doch nicht mehr lange leben: Da ist es besser, vergnügt aus dieser Welt zu scheiden.

So viele Menschen sieht man hier – Vornehme und Bürgerliche, Geistliche und Laien – jeder Tag bringt neue Gefangene, und sie berichten von der Außenwelt. Danton regiert noch immer und Robespierre hält Reden gegen die Aristokraten. Dann ist da Marat, der gleichfalls Reden hält und große Macht erstrebt. Er und Danton haben die Septembermorde auf dem Gewissen; aber eigentlich sind alle diese Menschen gleich schuldig. Die Damen und Herren sprechen viel von Politik. Da draußen an der Grenze ist immer noch Krieg; und die Mächte der andere Staaten wollen Ludwigs Tod rächen. Daher sind so viele junge Männer Soldat geworden und müssen für Frankreich kämpfen.

Ich höre gern zu, wenn man sich über diese Dinge unterhält. Wo Peter Fuchs wohl ist? Nationalgardisten stehen vor unserem Gefängnis, um es zu bewachen, und manchmal kommt eine Patrouille, die uns vor sich aufmarschieren lässt, ob wir auch alle da sind. Aber Peter Fuchs ist niemals unter ihnen gewesen.

März.

In den letzten Wochen gab es wenig Hinrichtungen. Vielleicht kommen wir noch alle einmal wieder in die Freiheit.

Mai. Rue St. Honoré.

Dies letzte Wort war ein prophetisches, denn ich bin frei. Doch dass mir die Freiheit gefiele, kann ich nicht sagen. Die Freiheit kam, weil Peter Fuchs die Wache vorm Gefängnis hatte und mich hinausließ, nachdem er mir einen Knabenanzug zugesteckt hatte.

Alles kam so schnell, so überraschend, dass ich erst wieder zur Besinnung kam, als ich neben ihm durch die dunklen Straßen lief.

Er fasste mich am Handgelenk, und wenn ihm jemand begegnete, schalt er mit vielen Flüchen über mich, seinen davongelaufenen Bruder. Bis ich ihm sagte, er sollte den Unsinn lassen.

»Es ist kein Unsinn!«, erwiderte er beleidigt. »Wenn du entdeckt wirst, dann wirft du geköpft.«

»Du auch mein Junge! Und schließlich müssen wir doch alle sterben!«

»Aber noch nicht!«

»Pah – wer weiß?«

Ich war noch ganz verwirrt. Vor einer Stunde hatte ich noch die Sohlen an meine Schuhe genäht, die nicht mehr halten wollten, nun lief ich durch Schmutz und Schlick und hatte nasse Füße. Dann aber saß ich bei Frau Lenoir, trank heißen Wein aus dem silbernen Becher, und die Alte hockte vorm Kamin und wärmte sich die Hände.

»Nun, Bürger Leutnant, hast du sie gebracht? Mir hat's gleich leidgetan, dass das junge Blut zu Herrn Samson soll. Sie kann sich doch noch nützlich machen und mir zur Hand gehen. Ich habe das Zittern in den Gliedern und mag nicht mehr arbeiten. Tony kann's nun für mich tun.«

Sie trank gleichfalls aus dem silbernen Becher und sah mich mit verglasten Augen an.

Peter winkte mir zu, dass ich nichts erwidern sollte. Ich war auch viel zu müde, um etwas zu sagen. Ich habe so viel gehungert und immer gefroren; der Wein machte mich heiß und besinnungslos müde. Aber ein paar Worte muss ich doch noch kritzeln. Die Lenoir schnarcht in ihrem Bett, und Peter ist weggegangen. Morgen kommt er wieder; wohnt hier ganz in der Nähe.

Drei Tage nachher.

Ich lag zwei Tage im Bett, die Lenoir schalt, dass ich nicht für sie sorgen konnte. Aber sie kochte mir eine Milchsuppe und gab mir einen alten Vorhang, aus dem ich mir einen Rock machte. Ich bin ganz ohne Kleidungsstücke und kann doch nicht als Junge verkleidet gehen. Dann würde ich gleich zum Militär eingezogen werden. Das erzählt mir Peter, der jeden Tag nach mir sieht. In diesen Tagen ist der Dienst in seiner Kompanie etwas leichter, und er darf sich ein wenig ausruhen. Er ist schon im Krieg draußen gewesen und hat eine Narbe auf der Wange, die ihm nicht schlecht steht. Er musste gleich nach den schönen Septembertagen weg und konnte nichts über mich erfahren.

»Ich habe mich entsetzlich geängstigt, kleine Puppe«, sagte er auf einmal und griff nach meiner Hand. Aber ich entzog sie ihm gleich.

»Hast du nicht nach Tante Amelie und ihrem Bruder gefragt? Wo mögen sie sein?«

Er hob die Schultern.

»Was weiß ich, kleine Puppe? Damals sind so viele gestorben –«

»Geschlachtet!« fiel ich ein, und er sah mich traurig an.

»Ich habe keinen Menschen getötet, es waren Franzosen, die Franzosen mordeten. Davon aber wollen wir nicht sprechen. Lass uns beraten, was mit dir werden soll. Du musst verständig und vorsichtig sein. Die Lenoir kann dich gebrauchen, außerdem hält sie etwas von dir. Vergiss, dass du eine Aristokratin bist, und denke an dein Leben! Die Guillotine ist keine angenehme Dame!«

Und er gab mir eine Menge guter Ratschläge, die ich geduldig anhörte. Denn obgleich ich mich an das Gefängnis und an den Gedanken gewöhnt hatte, auf den Karren steigen zu müssen, so schmeckte die Freiheit doch besser, selbst wenn sie nur halb war. Denn ich merke, dass die Lenoir mich zur Dienerin haben will – dass ich sie pflegen und betreuen muss. Aber was soll ich beginnen? Meine Verwandten sind verschwunden, das Haus Montmédy ist zum Nationaleigentum erklärt worden, und wenn die Behörden meinen Namen erfahren, werde ich gleich auf die Guillotine befördert. Also muss ich verständig sein.

Peter berichtete, wie er nach den Septembertagen versucht habe, sich nach mir zu erkundigen. Niemand habe ihm Auskunft geben können, auch die Lenoir nicht. Er hatte sie damals noch in unserem Hause gefunden, zusammen mit ihrer Enkelin, die getan hatte, als gehöre ihr alles.

»Das war eine unausstehliche Person,« setzte er hinzu. »Und ich konnte keine Gewalt anwenden, weil ich dann auch bestraft worden wäre. Sie schickten unser Regiment auch gleich in den Krieg. Das war schwer, und ich habe oft an dich gedacht, kleine Puppe, und mich gewundert, wo du wohl wärest, aber ich lernte allmählich, meinen Mund zu halten und so laut über die Aristos zu schimpfen, dass es ein Vergnügen war. Mein Kapitän denkt, dass ich einer seiner sichersten Adelsfresser bin, daher durfte ich mit ihm nach Paris, um die jüngsten Soldaten einzuexerzieren. Er nennt sich Voisin und sagt, dass er Schuster gewesen ist, aber er soll ein leibhaftiger Graf sein und sich nur so anstellen, als wollte er alle Aristos fressen. Na, wenn der lügt, kannst du es auch, Ottony. Da werden noch mehr Royalisten in Paris sein, die unter Verkleidung hier leben. Natürlich aber, wer so was will, der muss Grütze im Kopf haben und darf sich vor nichts scheuen!«

So redete er noch eine Weile, und die alte Lenoir klopfte ihm den Rücken. »So ist's gut, Bürger, rede ihr Vernunft ein, sonst kann ich sie nicht behalten. Und ich muss jemand haben, der meine Arbeit bei den Duplays tut. Die haben viele Deputierte im Quartier, und ich mag nicht mehr tagtäglich arbeiten!«

»Wo ist Koralie?«, erkundigte ich mich, und die Alte stieß einen kläglichen Seufzer aus.

»Ja, wo ist sie? Ich hab sie nicht gesehen seit Ende September. Da wohnten wir noch zusammen bei den Cidevant Montmédys, und wir hätten noch gut bleiben können, aber der Gemeinderat wollte das Haus für sich haben. Die waren wirklich unbescheiden! Bin ich nicht immer eine gute Patriotin gewesen und habe die Royalisten ebenso gehasst wie alle Aristos? Können sie mich nicht wohnen lassen, wo ein infamer Cidevant ehemals sein Wesen trieb? Aber ich musste wahrhaftig wieder in meine alte Kammer, und Koralie lief davon. Von der hab ich nur Verdruss gehabt!«

So jammerte sie noch eine Weile, und Peter flüsterte mir zu, dass ich ihr nicht widersprechen sollte. Sie wäre schwach, und als er sie zuerst wieder aufgesucht hätte, wäre sie stark betrunken gewesen. Aber sie wäre im Grunde genommen gutmütig, und ich müsste mich zusammennehmen, ihr zu gefallen.

»Ich habe ihr zwanzig Flaschen Wein geschenkt, dafür nimmt sie dich auf. Wenn der Vorrat zu Ende geht, muss ich für mehr sorgen!« setzte er hinzu.

»Woher bekommst du den Wein?«, fragte ich. Aber er bat mich, ihn nicht zu fragen.

Es ist hier alles Geheimnis und alles, wie im Märchen, aber es ist, ein hässliches Märchen.

April.

Ich heiße Tony Lenoir. Vor einigen Wochen ist ein Kommissar gekommen und hat jeden Bewohner des Hauses gefragt, wie er hieße. Nun hängt eine Tafel an unserem Haus, und alle unsere Namen stehen darauf. Mutter Lenoir erklärte gleich, dass ich ihre Enkelin wäre, und der Mann glaubte es. Beinahe hätte ich mich gegen den Namen gesträubt, aber je länger ich die Freiheit wieder kennenlerne, desto lieber wird sie mir. Selbst in diesem elenden Hause und bei einer Großmutter, die eigentlich niemals mehr nüchtern ist. Sie hat oft kein Gedächtnis mehr. Dann nennt sie mich Berta, wie ihre Tochter hieß, und weint über ihr Leben und über den Aristo, der sie verführte und verließ. Dann ist sie wieder klar und verlangt grobe Arbeit von mir.

Seit einer Woche arbeite ich beim Tischler Duplay als Stubenmädchen. Er ist ein strenger Jakobiner und regiert wohl mit über Frankreich. Ein hagerer Mann, dem die blaue Arbeitsschürze besser steht als der braune Rock, mit dem er in die Versammlung geht. Aber in der Werkstatt ist nicht viel Arbeit. Nur Särge sind zu machen für die Aristos und Royalisten, und sie werden sehr einfach gearbeitet. Duplay hat auch wenig Zeit zum Arbeiten, er sitzt den ganzen Tag in den Kommissionen oder redet mit den Deputierten, die in seinem Hause wohnen. Der vornehmste unter ihnen ist Bürger Robespierre. Ist Advokat gewesen und regiert Paris mit Hilfe von Danton und Marat. So sagt Peter, der mehr von diesen Dingen hört als ich. Mir ist's einerlei, wie die Spitzbuben heißen, die den König ermordet haben und die Königin mit ihren Kindern weiter gefangen halten. Aber sonderbar war's mir doch am ersten Tag, wie Lenore Duplay mir die Zimmer des Deputierten zeigte und mich anwies, sein Bett zu machen und seinen Kanarienvogel zu füttern. Lenore ist ein älteres Mädchen, das sehr stolz tut und die häusliche Arbeit verschmäht. Sie liest gern Gedichte, spielt die Harfe und spricht über neue Bücher. Sie würde es nicht passend finden, das Bett von Robespierre zu machen: Sie liebt ihn nämlich und möchte ihn heiraten. Die kleine Jeanne, die nebenan beim Krämer dient, hat's mir anvertraut. Das ist eine Schlaue, die die Augen aufsperrt und die Ohren auch. Ihr Vater war ein Schweizergardist des Königs und ist am zehnten August ermordet worden. Sie hat nichts zu leben, und sie muss bei den Jakobinern dienen, wenn sie nicht verhungern will. Ich hab sie gern, die kleine Jeanne – sie zeigt mir heimlich die schwere Arbeit und hat Mitleid, wenn ich mich abends kaum nach Haus schleppen kann. Zu Haus sitzt dann Mutter Lenoir, will ein Süppchen oder ein Glas heißen Wein haben und weint, wenn sie es nicht bekommt. Peter sorgt noch immer für Wein. Woher er ihn bekommt, weiß ich nicht, er selbst hat wenig Geld, aber es scheint, dass einige von den Machthabern die Weinkeller der Aristokraten an sich genommen haben, wie sie überhaupt alles nahmen, was sie kriegen konnten. Ach, diese Bande! Wo habt ihr meine Tante Amelie, wo meinen Onkel gelassen? Ich sehne mich, ach, ich sehne mich und kann doch niemals lange nachdenken oder einmal gründlich weinen. Die Duplay passen mir scharf auf den Dienst, und bezahlen tun sie mir in Papiergeld, das niemand haben will. Ist es eigentlich der Mühe wert, auf diese Weise zu leben? Manchmal möchte ich meinen Namen ihnen allen ins Gesicht schreien; dann lache ich wieder innerlich über diese Plebejer, die sich von mir hinters Licht führen lassen.

Mutter Lenoir ist noch die Beste der Gesellschaft. Ich glaube, dass sie vergessen hat, wer ich bin; ihr Gedächtnis hat gelitten, und nun leidet sie auch an schwerer Atemnot. In der Nacht halte ich sie oft in meinen Armen, damit sie Luft bekommen kann, und dann flüstert sie, dass der liebe Gott mich segnen soll. Dabei wird der liebe Gott nächstens von den Franzosen abgeschafft werden, wie mir Jeanne berichtet. Sie liest die Zeitungen, und in den Laden ihres Herrn kommen viele Menschen, die von den Neuheiten reden. Bei Duplays höre ich nichts. Lenore predigt, dass Robespierres Zimmer gut gehalten wird; und wenn ich Zeit finde, muss ich zu

Frau Duplay, die zwei Treppen hoch in einer Mansarde wohnt. Sie ist gelähmt und kann sich wenig bewegen. Meistens muss ich ihr Bett machen und alles in Ordnung bringen, sie ist keine schlechte Frau, nur sehr eigen und leicht gereizt, wenn nicht alles so ist, wie sie es haben will. Auch klagt sie über die jetzigen Zeiten. Ehemals, als die Tischlerei gut ging und ihr Mann nicht immer in den Sitzungen arbeitete, da war es besser. Paris wird allmählich langweilig und auch arm.

Solche Sachen aber spricht sie nur zu mir. Ihre Tochter ist stolz auf die neue Zeit, wo die Aristos schlecht behandelt werden und die Tischlerstöchter mit den Regierenden verkehren. Ich würde es schrecklich finden, Robespierre heiraten zu sollen. Er hat grüne Augen und einen falschen Mund. Er zieht sich besser an als das andere Pack, trägt reine Wäsche und hat, äußerlich wenigstens, reine Hände. Die anderen Deputierten tragen zerrissene Röcke und Hosen und sind stolz auf ihre Unordnung. Sie nennen sich Sansculotten, weil sie keine Kniehosen mehr haben.

Mai.

Die alte Lenoir ist gestorben. Als ich eines Nachmittags von der Arbeit kam, war sie so krank, dass ich zu einem Doktor lief, der in unserer Nachbarschaft wohnte. Aber er war gerade vor das Revolutionstribunal geladen. Da stürzte ich zu Duplays, weil ich den Bürger Marat, der früher Arzt war, hatte zu Robespierre hineingehen sehen; aber als ich versuchte, zu den Bürgern ins Zimmer zu kommen, wollten sie nicht gestört werden. Sie zankten sich gerade, und das war natürlich wichtiger als eine sterbende Frau.

So ist die alte Lenoir ohne ärztlichen Beistand gestorben, aber Peter meinte, der Arzt hätte auch nicht mehr helfen können. In der letzten Zeit war sie beinahe zärtlich mit mir – sie nannte mich Berta und sagte, ich sollte mich nicht grämen, weil der Marquis mich im Stich gelassen hätte, ich kriegte sicherlich noch einen guten Mann.

Peter war dabei, als sie so sprach, und er fasste meine Hand.

»Du sollst einen guten Mann haben; kleine Puppe!«

Peter ist gut, ich sehe es ein. Er hat sich viele Mühe gegeben, mich im Gefängnis zu finden und mich zu befreien. Ich schulde ihm mein Leben; aber werde ich es nicht doch bald verlieren? Die kleine Jeanne sagt, der Spektakel wäre noch nicht zu Ende, und sie hört von vielen Leuten die Meinung. Also, wer weiß? Außerdem habe ich die Empfindung, dass Peter mich nur liebt, weil er sich's einmal vorgenommen hat, mich zu lieben. Er ist ehrlich und will nicht wortbrüchig werden.

Der gute Junge war ganz gerührt, ich aber schüttelte nur den Kopf. Ich will Peter nicht heiraten. Er ist ein braver Junge, aber er hat ebenso wenig Geld wie ich, und er kann jeden Augenblick wieder zur Armee an die Grenze kommen. Dann sitze ich hier allein und bin gebunden. Peter sieht's selbst ein, dass es nicht geht. In einigen Jahren hofft er, Kapitän zu werden und dann vielleicht heiraten zu können.

Wir haben die alte Lenoir begraben, und Peter und ich waren allein in der Wohnung. Er war verlegen und wortkarg, sprach vom Dienst und dass er nächstens die

Wache im Tempel hätte. Das bedeutet drei Tage ununterbrochenen Dienst. Die Soldaten schelten über die arme Königin, die sie bewachen müssen, als trüge sie schuld; als wäre sie nicht lieber ebenso frei wie der geringste ihrer einstigen Untertanen!

»Weißt du, kleine Puppe, wir wollen uns doch heiraten!«, sagte Peter unvermutet. »Es ist besser so. Du kannst dann dies Zimmer behalten, und ich ziehe zu dir. Wenn ich weg muss, kommst du mit. Ich lasse dir die Hälfte von meinem Sold anweisen, und wenn ich falle, muss die Republik für dich sorgen!«

Bei dem Gedanken, dass diese liebenswürdige Republik für mich sorgen würde, musste ich lachen.

»Lass die Republik aus dem Spiel, Peter! Die hat mir alles genommen, was ich hatte, alles, alles, von der will ich nichts! Und dich will ich auch nicht, Peter! Du liebst mich ja gar nicht!«

Er sah mich groß an. »Ich sollte dich nicht lieben? Habe ich nicht immer gesagt, ich wollte dich heiraten?«

»Ja, du hast es gesagt und es dir vorgenommen, aber du liebst mich doch nicht, wie ich geliebt sein will!«

»Wie willst du denn geliebt sein?«

Ich setzte mich und legte die Hände in den Schoß. Ja, wie wollte ich geliebt werden? Es war Halbdunkel in dem kleinen Zimmer, und es glitt wie ein Schatten durch den Raum. Sah ich plötzlich Jean Barival? Das spöttisch-liebenswürdige Gesicht, die feine Gestalt, die vornehmen Hände? So lange sah ich ihn nicht, und lange dachte ich nicht an ihn. Nun stand er vor meiner Seele, und ich wusste, dass ich ihn heiraten würde, wenn er mich fragte. Obgleich er mich damals verraten hatte.

Peter sah mich aufmerksam an.

»Woran denkst du?«

»An nichts!« entgegnete ich ausweichend, und er legte leise den Arm um mich.

»Ottony, ich werde dich sehr lieben, und wenn ich genug Krieg geführt habe, ziehen wir nach Deutschland, nach Plön, und besuchen die lieben Menschen dort!«

»Ich habe keine lieben Menschen dort. Was ich liebte, ist hier verdorben, gestorben. Ich bin einsam – lass mich einsam bleiben!«

Halb in Angst stieß ich diese Worte heraus, und Peter ließ mich langsam los. Eigentlich hat er hübsche Augen, und sein Gesicht ist trotzig und männlich geworden.

»Du liebst einen anderen!«

»Wen? Den hässlichen Bürger Robespierre oder den schmutzigen Marat? Andere Männer kommen mir nicht vor Augen, und Lenore Duplay soll außerdem mit dem Deputierten von Arras verlobt sein. Oder meinst du, dass ich Danton liebe? Den großen Massenmörder!«

Ich sprach erregt, und Peter schüttelte den Kopf.

«Ich glaube keine Torheiten, Puppe, aber deshalb kannst du doch Gedanken haben, die du mir verschweigst. Deine Augen wurden eben ganz dunkel und deine Lippen zitterten. War da jemand im Gefängnis, den du gern hast? Wenn er noch lebt, will ich versuchen, ihn zu befreien. Du musst einen Beschützer haben, allein kannst du nicht hier bleiben!«

Peter sprach plötzlich, als wäre er sechzig und nicht einundzwanzig Jahre alt. Unwillkürlich legte ich meine Arme um seinen Hals und küsste ihn.

»Du bist ein braver alter Onkel, Peter, und wir wollen ewig Freunde bleiben. Aber ans Heiraten wollen wir nicht denken. Du bist besser frei, und ich muss mich allein durch das Leben schlagen!«

Da sagte er nichts mehr und war es zufrieden, dass ich noch an demselben Tage zu den Duplays zog. Die alte Duplay wird immer hilfsbedürftiger, und es gibt wenig Mädchen, die in dieser Zeit einen Dienst annehmen mögen. Viele sind außerdem aus Paris geflohen, und andere arbeiten in den großen Werkstätten für die Soldaten. Da werden Hemden genäht, Uniformen, Zelte; vielleicht muss ich auch noch hin, weil die Armee nichts anzuziehen hat. Aber Robespierre hat seine Lenore davon befreit, in den öffentlichen Werkstätten zu nähen, und wahrscheinlich wird er's auch bei mir tun. Er wechselt nicht gern mit Dienstboten, und sein Kanarienvogel hat mich lieb.

Nun wohne ich in der Mansarde, neben Frau Duplay, und wenn abends unten die Harfe gespielt wird und Lenore ihrem Schatz vorsingt, dann habe ich manchmal ein Stündchen für mich, um mein Tagebuch zu schreiben. Ich hatte im Gefängnis gerade noch Zeit, es in meinen blauen Kittel zu schieben, zusammen mit einigen Andenken, die ich dort von den Verurteilten geschenkt erhielt. Einige Goldstücke sind auch dabei, aber ich trage sie versteckt am Körper. Ob ich wohl einmal in das Haus meines Onkels gehen und nachsehen könnte, wie es meinem ersten Tagebuch hinter dem Paneel ergeht? Vorläufig wage ich es nicht. Jeanne erzählte mir gerade gestern, dass viele Royalisten in Paris sein sollten. Sie waren vor den Septembertagen geflohen, sind aber wiedergekommen, um die Ereignisse hier zu verfolgen. Aber die Jakobiner sind hinter ihnen her, und einige sind schon im Gefängnis. Man stellt Wachen auf vor den verlassenen Häusern, dorthin schleichen die Armen; vielleicht auch, um sich zu holen, was sie dort verborgen hatten. Dabei werden sie gefasst.

Also muss ich doppelt vorsichtig sein. Eigentlich ist's sonderbar, dass ich es noch bin. Was liegt eigentlich an meinem Leben? Aber ich werde erst neunzehn Jahre! Sterben ist doch eine üble Sache.

Ich habe den kleinen Nachlass der Lenoir mit hierher genommen. Es war nicht viel. Den silbernen Becher nahm ich mit gutem Gewissen und auch mein braunes Kleid, das noch lebt. Die Alte hat's nicht oft getragen; nun stecke ich mich hinein und freue mich, nicht immer in großgeblümtem Kattun herumzulaufen. Es ist mir zu eng geworden, da hab ich's weiter und länger gemacht und während der Arbeit daran gedacht, wie die behagliche alte Schneidermamsell es mir in Plön änderte und ich es nicht recht leiden mochte. Nun bin ich dankbar, es zu haben! Bürgerin Duplay findet es hübsch und wundert sich, dass die alte Lenoir solch ein gutes Kleid hatte.

»Das wird ihr wohl deine Schwester gegeben haben!«, sagte sie. »Die wurde ja bei dem Cidevant Montmédy erzogen und sehr verwöhnt. Ich habe sie nur einmal gesehen; da war sie hochmütig wie eine Aristo. Nun ist sie wohl mit ihnen davongegangen!«

Ich wusste keine rechte Antwort auf diese Betrachtung, aber die gute Duplay erwartete auch keine. Sie streichelte meine Wange.

»Hast wohl nicht viel von dem verwöhnten Ding gesehen, Tony! Bist bei kleinen Leuten groß geworden und jetzt erst zur Großmutter gekommen. Man merkt dir's an – du hast keine hochnäsigen Gedanken im Kopf, und das ist wahrlich gut heutzutage, denn Hochmut kommt vor dem Fall. Wir haben's an den Aristos gesehen, die ins Gras beißen müssen. Du liebe Zeit, einige haben mir wirklich leidgetan, aber warum wollen sie durchaus das Vaterland verraten? Die fremden Feinde dürfen doch nicht nach Frankreich hinein!«

So redet sie und freut sich, jemand zu haben, der ihr zuhört. Ihr Mann hat keine Zeit für sie, und Lenore spielt die Harfe oder liest Corneille und Racine, damit sie am Abend vor Robespierre bestehen kann. Noch eine Tochter ist in der Familie, aber sie ist mit einem Offizier verheiratet und ist augenblicklich mit ihm im Rheinland. Jedenfalls habe ich Arbeit genug, und wenn nicht manchmal eine Frau aus der Nachbarschaft käme, die die gröbste Putzerei besorgt, ich wüsste oft nicht aus noch ein. Aber es ist gut, nicht seinen Gedanken nachhängen zu können.

Peter hat gestern Abschied genommen. Er geht mit seinem Regiment in die Vendée, wo die Bewohner keine Neigung verspüren, Republikaner zu sein. Sie haben den armen kleinen Dauphin zum König ausgerufen und müssen bestraft werden. Freiheit und Brüderlichkeit! Ich darf Peter nicht hier im Hause sehen, das könnte Robespierre bemerken und es unmoralisch finden. Lenore sagt's mir. Sie hat uns ein- oder zweimal zusammen vor der Tür stehen sehen und findet diese Freundschaft überhaupt unpassend. Erstens erscheine ich ihr zu jung, um einen Liebhaber zu haben, und dann verdiene ich auch keinen Offizier der Nationalgarde. Ein Unteroffizier oder Korporal ist noch zu vornehm für die Enkelin der Lenoir!

»Außerdem scheint der junge Mann ein Ausländer zu sein!« setzte sie hinzu. »Vor diesen Leuten nimm dich in acht, Ottony! Sie meinen es alle nicht ehrlich! Die Witwe Capet ist auch eine Ausländerin; daher hat sie so viel Elend über Frankreich gebracht!«

Lenore verlangt, wie ihre Mutter, keine Antworten auf ihre Reden. Ich weiß, dass niemand mich mehr für eine Deutsche hält; nachgerade habe ich den richtigen Klang des Französischen gelernt und mich belustigt ihre Ansicht. Aber dann kann ich doch nicht unterlassen, nach der Witwe Capet zu fragen.

»Wie geht's ihr eigentlich? Sitzt sie noch im Gefängnis oder wird sie freigegeben?«

»Frei?« Lenore räuspert sich missbilligend. »Mein Kind, solche große Verbrecherinnen gibt man nicht frei! Das würde Frankreich verderben!«

»Hast du sie einmal gesehen, Bürgerin?«, erkundige ich mich neugierig.

»Gewiss, ich habe sie in ihrem goldnen Wagen fahren sehen und auch dann, als die Capets von dem Fluchtversuch wiedergeholt wurden. Meinetwegen hätten sie weglaufen können; aber die Gerechtigkeit muss ihren Gang gehen!«

Die Gerechtigkeit! Ich möchte lachen, aber ich ziehe vor, ein heiliges Gesicht zu machen. Könnte ich doch Lenore betrügen und belügen und schließlich erleben, dass auch sie auf die Guillotine käme! Dies ist nicht christlich gedacht; ich weiß, dass mein alter lieber Abbé mich um diese hässlichen Gedanken schelten würde, aber der liebe Gott ist hier abgeschafft, und er hat uns, die wir an ihn glauben, vergessen!

Juni.

Es beginnt heiß zu werden, und unsere Mansarden oben im Hause sind oft nicht zu ertragen. Unten im Hause ist's dagegen kühl, und wenn ich Robespierres Zimmer aufwische, dann schöpfe ich Atem. Es ist so still und ordentlich hier. Der kleine Vogel singt, und auf dem Schreibtisch liegen große Haufen von Papieren. Ich darf sie nicht anrühren, bei Strafe ist's verboten; aber ich weiß, dass es Staatspapiere und Todesurteile sind.

Manchmal werfe ich doch einen verstohlenen Blick hinein, und wenn ich ein Todesurteil finde, dann schiebe ich's nach unten. Der Deputierte merkt es nicht. Er ist oft tief in Gedanken und hört es kaum, wenn man ihn anredet. Aber manchmal will er nichts von Staatsgeschäften wissen, geht spazieren und sammelt Käfer. Oder er sitzt in irgendeinem grünen Garten und lässt sich von Savoyarden die Drehorgel spielen und ihre Murmeltiere dazu tanzen. Abends sitzt er dann mit Lenore und ihrem Vater in dem kleinen Hintergarten und spricht über Dichtkunst. Gelegentlich höre ich ein Wort oder ein Lied von Lenore. Aber nur aus der Ferne. Die kleine Tony Lenoir ist zu dumm und zu gering für die vornehme Unterhaltung!

Bürgerin Vallier fragte mich gestern, ob ich einmal mit in die öffentlichen Sitzungen des Konvents gehen wollte. Die Vallier hat ihren Platz oben auf der Galerie neben einer Reihe von anderen Frauen. Sie hören die Reden der leitenden Männer und müssen Beifall klatschen, wenn sie ihnen gefallen. Bürgerin Vallier ist die Frau, die hier im Hause die groben Arbeiten macht. Dafür erhält sie nur wenig Bezahlung, aber Robespierre gibt allen Frauen Geld, die ihn im Konvent beklatschen.

Die alte Duplay erlaubte, dass ich ging. Wir saßen oben auf einer Galerie und hörten einige große Männer reden. Robespierre kam nur einmal daran; diesmal war es Marat, der gegen die Generale des Heeres wetterte. Er ist zu hässlich, und ich mochte ihm nicht klatschen. Auch die Vallier hob nicht die Hände. Sie flüsterte, dass Robespierre nicht mehr mit Marat zufrieden wäre. Also klatschten wir erst, als Robespierre die Tribüne betrat, und er sah zufrieden zu uns herauf. Es war merkwürdig, in dem großen dunklen Saale zu sitzen und unter sich die Männer zu sehen, die jetzt regieren. Ich erkannte nur noch Danton, und Camille Desmoulins wurde mir gezeigt. Robespierre sprach über die Vendée. Sie ist dem armen Ludwig treu geblieben und will keine Republik. Also wird ein großes Heer dahin gesendet, und der Adel sowie die Priester sollen mit dem Tode bestraft werden. Die Strickerinnen riefen Beifall, auch die Vallier klatschte; ich aber ließ die Hände ruhen. Muss der arme Peter nun dort arme Menschen töten?

Juli.

Ich komme so selten zum Schreiben. Die Arbeit geht immer weiter, und nur die Vallier hilft mir. Da denke ich wohl darüber nach, dass die Welt hier ziemlich aus den Fugen geht, dass ich aber nichts davon erlebe. Gestern Abend standen die Leute in der Straße herum und gestikulierten, und Lenore schickte mich hinaus, um zu fragen, was es gäbe.

Bürger Marat war von einem jungen Mädchen ermordet worden. Sie heißt Charlotte Corday, und morgen schon wird sie zur Guillotine gefahren. Jeanne war auch da und puffte mich in die Seite. »Hoffentlich müssen die andern nun auch über die Klinge springen!« Sie sagte es zu laut – plötzlich stand ein langer Mann neben ihr und riss sie weg.

»Du bist eine Verräterin an der Republik!«, schrie er. Ich wollte hinter ihm herlaufen, aber ein anderer hielt mich zurück. »Nimm dich in acht, Bürgerin, dass du nicht auch in die Hände des Gerichtes kommst! Zu dir sprach das törichte Mädchen!«

Ich wollte etwas erwidern, da erschien Lenore Duplay und riss mich in ihr Haus.

Niemand folgte uns. Vor dem Haus, wo Robespierre wohnt, haben sie alle Angst. Aber Lenore schalt mich tüchtig. Die kleine Jeanne war schon lange verdächtig, und mit der Tochter eines Schweizer Gardisten durfte man überhaupt nicht sprechen.

Am andern Morgen, ganz früh, fuhr der Karren bei unserem Haus vorüber. Eine Zeit lang war er nicht so oft gefahren; diesmal saß ein stolzes, junges Mädchen darin, dessen Gesicht ich aber nur einen Augenblick sehen konnte. Dragoner ritten neben dem Karren, und heulendes Volk lief hinterher.

Regungslos stand ich in der Haustür, als ich auf dem Flur Schritte hörte. Robespierre kam aus seinem Zimmer mit der Mappe in der Hand und grüßte mich freundlich.

»Nun kleine Bürgerin, warum bist du so blass?«

»Ich bin traurig«, murmelte ich. »Charlotte Corday –«

»Sie geht ihrem Schicksal entgegen. Man darf keine Mörderin sein, mein Kind!«

Er ging mit seiner Mappe davon, in der wohl ein Dutzend Todesurteile lagen, und ich wurde von Lenore gerufen, dass ich an meine Arbeit ginge. Man darf hier nicht trauern, noch weinen. Man wird zum gleichgültigen Tier.

* * *

Gestern haben wir Marat beerdigt. Das war ein großes Fest. Duplays hatten einen Wagen genommen, um den Leichenzug zu sehen, und die Gefangenen aus allen Gefängnissen mussten den Weg säumen, den der große Mann getragen wurde. Im Pantheon soll er beigesetzt werden, und sein Herz lag in einer kostbaren Vase. Das Wetter war goldig, und die Pariser waren seit dem frühen Morgen auf der Straße.

Wir brachten die alte Duplay mühsam die Treppen hinunter und setzten sie in den Wagen, den auch ich besteigen durfte. Lenore war natürlich dabei und Bürger Augustin, der Bruder von Robespierre. Er hinkt ein wenig und ist außerdem linkisch und ungeschickt, aber wir mussten im Gedränge einen Mann mit uns haben; die Pariser sind augenblicklich in keiner angenehmen Stimmung. Augustin Robespierre ist auch gutmütig, und er kennt viele Leute. Geduldig beantwortet er alle

Fragen und weiß manches zu berichten. Er kennt die Namen der Männer, die außer Robespierre und Danton uns regieren, und er zeigt sie gern.

Das Begräbnis war schön. Ein Sarg aus Porphyr, viel Militär, der hellste Sonnenschein. Und dieser Sonnenschein bestrahlte eine endlose Reihe von blassen Menschen, die zwischen Soldaten aufgereiht waren vom Luxemburg-Garten bis weit in die Straßen hinein. Es waren die Gefangenen aus St. Pélagie, La Force, den Karmelitern und der Conciergerie. Alte und Junge, Männer und Frauen, eine große Zahl. Vertragen waren ihre Kleider, müde ihre Gesichter. Der Wagen konnte im Gedränge nicht weiter; er hielt und die Gefangenen kamen an uns vorüber.

Bürgerin Duplay hielt ihren Fächer vors Gesicht.

»Ich mag sie nicht sehen, sonst tun sie mir am Ende leid und haben's doch verdient, bestraft zu werden!« Lenore aber sagte einige gleichgültige Worte, und Augustin musste ihr die berühmten Männer zeigen, die neben Marats Sarg gingen.

Ich aber blickte zu den Gefangenen, sah und sah. Welche Reihen, wie langsam gingen sie, wie hässlich stießen die Soldaten sie weiter! Und da – was war das? Tante Amelie zwischen zwei anderen älteren Frauen! War sie es wirklich? Die Sonne beschien ihr Gesicht, ihre grauen Haare. Etwas Hoffnungsloses lag in ihren Augen, aber sie war es wahrhaftig.

Ich schrie auf. Keine Macht der Erde hätte mich verstummen lassen, aber die andern Insassen des Wagens schrien auch. Eins unserer Pferde bäumte sich und schlug so um sich, dass wir alle aussteigen mussten. Es wurde geschossen; die Musik spielte – es war ein Lärm ohnegleichen. Mir war alles gleich. Einige Soldaten hielten die wilden Pferde, wir standen auf der Straße, mitten im Gedränge, und ich lief hinter den Gefangenen her. Niemand achtete auf mich. Alle starrten auf den Sarg aus Porphyr und hörten auf die pomphaften Reden.

Da hielt ich Tante Amelies Hand und flüsterte leise ihren Namen. Sie wunderte sich kaum – sie lächelte ein wenig.

»Du bist frei, mein Kind! Wie dankbar bin ich dafür!«

»In welchem Gefängnis bist du?«

»St. Pélagie!«

Weiter ging der Zug und ich lief mit. Als er wieder stockte, stand ich noch immer neben Tante Amelie; aber da kam eine ohrenbetäubende Musik, und die Soldaten stießen mich zurück.

Als ich meine Herrschaft wiederfand, schalt Lenore, dass ich so neugierig weiter gelaufen wäre und setzte mich in den Wagen neben ihre Mutter. Die Pferde waren ausgespannt und wir mussten warten, bis andere kamen. Die alte Duplay war verdrießlich, weil sie sich erschrocken und wenig gesehen hatte.

»Was sollten auch die Gefangenen hier? Die nehmen einen ja nur den Platz!« murrte sie. Ich aber war, als wäre mir ein schwerer Stein vom Herzen genommen. Tante Amelie lebt! Wenn Peter zurückkehrt, muss er sie befreien, wie er mich befreite.

Oktober.

Die Königin ist hingerichtet. Ich sah sie in ihrem geborgten weißen Kleide auf dem Karren sitzen und weinte keine Träne. Woher sollten auch noch Tränen kommen? Täglich fahren die unseligen Karren an unserem Hause vorüber, und man sieht lieber nicht hin. Ich kann nicht helfen, nur zittern und für die armen Seelen beten, die vor ihren Schöpfer treten.

Ich kann auch nicht mehr lachen, und die alte Duplay zankt mit mir, weil ich so einsilbig bin. Ein so junges Mädchen wie ich, müsste heiter sein, und ich hätte es doch so gut bei ihr! Dann versuche ich, Tante Amelie zu vergessen, die vielleicht noch in St. Pélagie schmachtet; vielleicht aber zu denen gehört, die mit König Ludwigs Schwestern auf die Guillotine gesandt wurden. Lauter Herzoginnen und Marquisen – Tante Amelie wird sich standesgemäß zwischen ihnen ausgenommen haben.

Von Peter nichts gehört. In der Vendée sieht's traurig aus; die Soldaten der Republik werden oft aus dem Hinterhalt erschossen, wie Robespierre neulich berichtete. Ich stand daneben, wie Lenore ihn fragte. Ich glaube, sie empfand ein gewisses Mitleid mit meinen blassen Wangen und müden Augen. Weiß sie doch, dass mein Liebhaber in der Vendée ist. Aber ich gräme mich nicht sehr um Peter, ich denke an die arme Tante, an alle, die guillotiniert werden.

1794.

Der Februar des neuen Jahres ist bereits gekommen, und ich lebe immer noch. Eigentlich wundert's mich; manchmal empfinde ich Lust, Robespierre zu sagen, wer ich bin, damit ein Ende kommt. Es ist so schwer, allein zu sein unter seinen Feinden. Denn die, die täglich ungezählte Opfer töten, sind meine Feinde. Niemand aber beachtet mich. Ich bin das Enkelkind der alten Lenoir – weiter nichts. Dass ich denken kann, glauben weder Lenore noch ihr Verlobter. Daher beachten sie mich gar nicht. Gleichmütig sieht Lenore jeden Morgen die Karren fahren oder hört wenigstens ihr grausames Rollen – es muss so sein. Frankreich kann nicht eher glücklich werden, bis es gereinigt ist. Ach, das arme Frankreich muss sehr schmutzig gewesen sein! Jetzt sind es nicht allein Aristokraten, hohe Beamte und Geistliche, die der Republik gefährlich sind – einfache Bürger müssen auch sterben. Niemand darf mehr weinen oder einen Hingerichteten beklagen: Dann wird er als verdächtig eingesperrt, und wenn er Unglück oder auch Glück hat, darf er bald sterben.

Bürger Samson verlangt Gehaltserhöhung; er muss noch mehr Henkersknechte annehmen. Manchmal sind es siebzig, die an einem Tage hingerichtet werden. Jeanne ist auch nicht wiedergekommen – sie ist gut daran.

Bürgerin Vallier läuft noch immer zu den Sitzungen des Wohlfahrtsausschusses und klatscht Beifall, wenn Robespierre redet. Sie flüsterte mir aber kürzlich zu, dass die Herren sich untereinander erzürnen. Ich glaube schon, wenn der Deputierte Besuch hat, geht's immer lebhaft zu, und einig sind sie selten. – – –

Gestern Abend schrieb ich diese Worte. Als ich am heutigen Morgen in der Küche stand, um einige Gemüse zu reinigen, hörte ich einen lauten Schrei, dann eiliges Gehen und Waffengeklirr. Ich wollte nachsehen, was los war, da erschien Augustin Robespierre, der mir befahl, mich nicht vom Fleck zu rühren. Er war blass und verlangte ein Glas Wasser, das ich ihm brachte.

»Sie wollten meinen Bruder töten!«, murmelte er, als er das Wasser hinuntergestürzt hatte.

»Wer wollte es?«, fragte ich gleichmütig, und er sah mich finster an.

»Erschrickst du nicht, wenn ein Mann wie mein großer Bruder vom Tode bedroht wird?«

»Weshalb sollte ich erschrecken? Der Tod trifft heute auch die Größten.«

»Aber nicht meinen Bruder, Tony!«

Er wischte sich von Neuem die Stirn.

»Die Mörderin ist gleich ins Gefängnis gebracht worden. Es ist natürlich eine Verschwörung! Heutzutage sind selbst die jungen Mädchen verderbt wie Charlotte Corday!«

Ich achtete nicht weiter auf ihn und putzte an meinem Salat. Vielleicht war es schade, dass das Mädchen Robespierre nicht getroffen hatte – vielleicht nicht. Ich gewöhne mir das Denken ab.

Augustin saß noch eine Weile bei mir und berichtete weiter. Das Mädchen hatte den Deputierten wegen seiner Großmutter, die seit einem halben Jahr eingesperrt war, sprechen wollen: Dann zog sie plötzlich ein Messer. Aber der große Robespierre hatte scharfe Augen. Er griff nach der Mörderhand und schrie um Hilfe.

»Ich saß in seinem Schlafzimmer und kam gleich herbei, und ein Nationalgardist, der ihm eine Bestellung machen sollte, trat ins Zimmer. Das Mädchen hat seinen verruchten Plan nicht ausführen können!«

»Wie heißt sie?«, fragte ich, um nur etwas zu fragen, aber Augustin wusste dies noch nicht. Es sollte alles nachgefragt und erforscht werden, ob die Mörderin Mitverschworene hatte.

Das Haus ist von Besuchern nicht leer geworden. Sie kamen alle, um Robespierre zu beglückwünschen, dass er der Mörderhand entronnen wäre. Deputierte, Offiziere, alle, die ihn fürchteten. Der große Mann ließ sich beglückwünschen und sprach lächelnd von einer Bewahrung. Nach einigen Stunden erfuhren wir auch den Namen der Unseligen. Es war meine Freundin Cécile Renaud!

Ich glaube nicht, dass sie Robespierre ermorden wollte, an solche Dinge dachte sie wahrlich nicht. Es ist auch kein Messer bei ihr, noch in ihrer Nähe gefunden worden. Der große Mann ist ein Feigling, und er will sich interessant machen. Denn das Volk beginnt zu murren. Die Hinrichtungen werden langweilig, und die Lebensmittel sind nicht mehr zu bezahlen.

Cécile Renaud! Als ich ihren Namen zuerst hörte, wurde es mir schwarz vor Augen. Dann nahm ich mich übermenschlich zusammen und klopfte, als es stiller im Hause geworden war, bei dem Deputierten an.

Er rief herein, saß vor seinem Schreibtisch und hob ängstlich den Kopf. Als er mich auf der Schwelle stehen sah, schien er erleichtert.

»Was willst du? Ich habe dich nicht gerufen!«

»Bürger, willst du mir einen Erlaubnisschein geben, diese Cécile Renaud im Gefängnis zu besuchen?«

Seine Augen schimmerten grünlich.

»Was will die kleine dumme Tony bei dieser schlechten Person?«

Ich trat näher, und er zuckte zusammen.

»Bürger Deputierter, ich habe Cécile Renaud gesehen, als meine Großmutter im Hause ihres Vaters arbeitete, da war sie immer freundlich zu mir. Ich habe wenig Menschen hier, seitdem Großmutter tot ist – ich möchte Cécile noch einmal sehen. Denn, nicht wahr, sie wird wohl sterben müssen?«

Meine Augen standen voll Tränen, obgleich ich nicht weinen wollte, und der Deputierte rückte auf seinem Sessel.

»Mein Kind«, seine Stimme klang nicht so trocken, wie sonst. »Natürlich muss sie sterben und ihre Mitverschworenen mit ihr. Aber ich lobe dich, dass du Gedächtnis hast für empfangene Güte. Du darfst das unglückliche Mädchen sehen und ich bitte dich, ihr zu sagen, dass ich ihr nicht zürne. Sie muss die Folgen ihres Verbrechens tragen, sie soll meine Verzeihung mit in den Tod nehmen!«

Bei diesen Worten machte er eine Bewegung, als stände er auf der Rednerbühne, schrieb dann einige Zeilen auf und gab mir das Papier.

Cécile ist in St. Pélagie – ich werde sie sehen und vielleicht auch Tante Amelie. Gott wolle es geben!

Andern Tags.

Robespierre hat gelogen. Schon an diesem Morgen ist Cecile mit noch zwölf jungen Mädchen an unserem Hause vorübergefahren. Alle trugen sie rote Hemden, wie es Mörderinnen ziemt, und die Jüngste unter ihnen zählt noch nicht vierzehn Jahre. Sie soll zu Samson gesagt haben: »Liege ich auch recht so, mein Herr?« Und dabei legte sie den Kopf auf den Block. Bürgerin Vallier erzählte es mir. Sie weinte dabei und schüttelte den Kopf. »Die waren alle unschuldig!« setzte sie hinzu. »Die Renaud hat wirklich für ihre Großmutter bitten wollen, die seit einem Jahre eingesperrt ist, aber der Deputierte ist furchtsam geworden!«

»Er ist ein Mörder!« gab ich zur Antwort, und die Vallier stieß mich in die Seite.

»Halte den Mund, Tony! Sonst musst du auch noch deinen Kopf springen lassen!«

Mir war's gleichgültig. Wie schrecklich ist diese Welt geworden! Bürgerin Vallier berichtet auch von den Strafgerichten, die über viele Städte ergehen, weil sie nicht wollen wie die Mörder in Paris. In Nantes sind siebentausend Menschen ertränkt worden. In Nantes. Manchmal ist es mir, als hätte Peter auch von Nantes gesprochen. Ob er wohl noch lebt? Wie einsam bin ich doch!

Robespierre hat sich heute halbwegs bei mir entschuldigt, dass er Cécile Renaud so schnell hat hinrichten lassen. Ich wischte Staub in seinem Zimmer, da trat er ein und sagte einige wohlwollende Worte. Zuerst über den Kanarienvogel, der einen lahmen Flügel hatte, und dann darüber, dass alle Wünsche nicht in Erfüllung gehen.

»Ich hätte dir gegönnt, dass du das arme Mädchen noch gesehen hättest, Tony«, sagte er. »Aber es wäre für dich sehr schwer gewesen und auch für die Verblendete. Das Volk verlangte zudem die schnelle Strafe, und ich war machtlos!«

Er schwieg, als erwartete er eine Antwort. Als ich nichts sagte, räusperte er sich.

»Hast du sonst eine Freundin im Gefängnis, die du besuchen möchtest, so sage es nur. Mein Bruder Augustin kann dich geleiten.«

Ich schüttelte den Kopf.

»Ich habe keine Freunde, und meine Großmutter ist tot!«

Die Lüge wurde mir schwer, aber ich sah das grüne Licht in den Augen des Deputierten, er wollte mich aufs Glatteis führen.

Wieder sprach er einige salbungsvolle Worte, und dann ging er zu Lenore, um ihr ein neues Buch zu bringen. Oh, ich hasse ihn, ich könnte ihn töten. Wie lange noch soll hier gemordet werden?

August.

Wie sonderbar: Seitdem ich schrieb, ist alles wieder anders geworden. Robespierre ist hingerichtet, die Gefängnisse haben sich geöffnet, und meine liebe Tante Amelie sitzt neben mir im Lehnstuhl und freut sich am eignen Hause, an dem Garten, der ebenso verwildert ist wie das Innere des Hauses. Aber wir dürfen wahrhaftig in unserm Eigentum wohnen, und wir werden wieder menschliche Wesen.

Noch am Abend des neunten Thermidor war ich in St. Pélagie, um Tante Amelie zu suchen, sie war aber vor einiger Zeit nach den Karmelitern gebracht worden, und dorthin lief ich mit der Bürgerin Vallier, die plötzlich auf Robespierre schalt, als hätte sie ihn ewig gehasst. Aber Paris kochte vor Wut. Das Morden war denn doch zu arg gewesen. Jeanne aber traf ich in Pélagie, wo sie sich nicht schlecht belustigt hatte. Wahrhaftig, sie hatte sich belustigt. Sie hatte mit Marquis und Grafen Karten und auch Theater gespielt.

Diese Aristos sind wahrlich nette Leute, mein Vater hat's auch immer gesagt!« Ich ließ sie bei ihren Grafen und rannte nach den Karmelitern. Vor der Pforte standen schon die Mengen, die ihre Freunde und Verwandten abholen wollten, aber die Wärter wussten nicht, ob sie öffnen sollten, oder nicht. Die Vallier wusste Rat.

»Im Namen der Republik!«, kreischte sie, und wir schrien es alle mit. Da ließen sie uns hinein in die dunklen Gänge, die kleinen Zellen, und in wenigen Minuten drückte ich meine Tante ans Herz. Sie war still und konnte nicht viel sagen, aber sie zeigte auf eine schöne jüngere Frau, die neben ihr stand.

»Ottony, wir wollen Frau von Beauharnais bitten, mit uns zu kommen und unser Weniges mit uns zu teilen!«

Frau von Beauharnais ist erst seit Kurzem im Gefängnis, ihr Mann ist General gewesen, aber auch guillotiniert. Nun hat sie nichts, aber allerdings einen Freund, der ihr schon versprochen hat, für sie zu sorgen. Es ist der Bürger Barras, den ich wohl ein- oder zweimal bei Robespierre gesehen habe. Ich dachte, er wäre ebenso abscheulich, wie alle andern, es scheint aber nicht der Fall zu sein; jedenfalls ist er nicht mit den andern herrlichen Männern auf die Guillotine gefahren, sondern will sich der Armen und Verlassenen annehmen, also auch unser!

Durch seine Vermittlung sind wir wieder in das Haus des »Cidevant Montmédy« gekommen. Es gehört allerdings noch der Republik, aber wenn wir uns vorsichtig benehmen, kann es sein, dass wir es vollständig wieder als Eigentum erhalten. So also hoffen wir das Beste und freuen uns, obgleich Tante Amelie immer wieder weint. Denn sie weiß nicht, wo ihr Bruder geblieben ist. Zusammen sind sie verhaftet, aber gleich in andere Gefängnisse gebracht worden. Und sie hat ihn nie wiedergesehen!

»Er wird bei den Septembermorden umgekommen sein!«, sagt Josephine Beauharnais, die sehr gefasst vom Tode ihres Mannes spricht. Tante Amelie ringt die Hände.

»Mein armer unschuldiger Bruder! Kann solche Schlechtigkeit möglich sein?«

Josephine zuckt die Achseln: »Es ist damals viel Entsetzliches vorgefallen!«

Und sie berichtet einige Dinge, die die arme Tante aufschreien machen, während ich nur die Achseln zucke. Mein Herz ist kalt geworden, und Tante Amelie sieht mich traurig an.

»Kindchen, du hast ein so altes Gesicht bekommen und so harte Augen. Wo ist dein lustiges Kindergesicht geblieben?«

Bin ich je ein Kind gewesen? Fast möchte ich's bezweifeln, aber ich habe hinter dem Paneel mein altes Tagebuch gefunden und darin geblättert. Bin ich's gewesen, die so harmlos schrieb?

Josephine tröstet die Tante über mich. »Sie ist ein bisschen stark im Bratofen gewesen, nun muss sie erst wieder darüber klar werden, dass es noch was andres gibt als Robespierre und die Guillotine!« Sie schaudert selbst ein wenig bei diesen Worten, aber dann spricht sie schon wieder über ein Kleid, das sie notwendig haben muss. Tante Amelie gibt ihr Geld dazu. Ihr Bruder und sie hatten mehrere Tausend Goldstücke in der Wand des Speisezimmers verborgen, und obgleich das ganze Haus durchsucht und ausgeräubert ist, so war das Geld noch an seinem Platz. Ebenso wie meine kleine Barschaft und das Kästchen vom Onkel, in dem sich einige Schmuckstücke befinden. Wir haben das Geld nötig. Sobald wir die Erlaubnis erhalten, wollen wir nach Holstein reisen. Niemals mehr will Tante Amelie nach Paris zurück, wo sie nur Entsetzliches erlebte. Mir schaudert ein wenig vor Plön und denselben langweiligen Menschen, aber im Grunde genommen ist mir alles sehr gleichgültig. Wir haben fast keine Dienerschaft in dem großen Hause, nur Jeanne nahm ich mit, die sich lächerlich wundert, dass ich nicht Lenoir heiße und eine Aristokratin bin.

»Gedacht hab ich mir's zwar immer, dass du, dass Sie besser waren als die Duplays!«, versichert sie treuherzig, aber sie hat es sich nicht gedacht. Ich bin eine echte Proletarierin gewesen.

Heute Morgen war ich bei den Duplays. Am neunten Thermidor lief ich von ihnen weg und in die Gefängnisse. Ganz Paris stand auf dem Kopf; ich dachte erst an sie, als ich mit Tante Amelie wieder in unserm halbzerstörtem Hause war. In den folgenden Tagen mochte ich mich nicht zeigen. Der Pöbel, der einst Robespierre bejubelte, hatte ihr Haus gestürmt, und es sollte dort böse hergegangen sein. Also wartete ich wohl zwei Wochen und nahm dann Eugen mit. Das ist ein netter Junge und der Sohn von Josephine. Er will Tischler werden, und wie ich von Duplays berichtete, wollte er sich die Leute ansehen. »Bei Duplays, bei den Jakobinern?«, fragte ich, und er lachte.

»Pah, sie werden schon keine Jakobiner mehr sein! Wenn die Royalisten wieder an die Regierung kommen, dann werden sie Royalisten werden!«

So arg war das Haus nicht zerstört, als wir es betraten. Nur die Fenster wurden gerade neu eingesetzt, und Lenore stand vor der Tür, um die Arbeiter zu beaufsichtigen. Als sie mich sah, trat sie mit einem großen Schritt auf mich zu.

»Kommst du jetzt wieder, du ungetreue Katze? Die ganze Zeit hast du uns allein gelassen! Mach, dass du jetzt an die Arbeit kommst! Meine Mutter ist sehr krank gewesen, und du Pflichtvergessene bist weggelaufen!«

»Ich wollte nicht wieder in den Dienst gehen, sondern nur mein Kleid holen und meine andern kleinen Sachen«, begann ich.

»Nichts erhältst du, wenn du so wegrennst! Schäme dich!« »Sie können meine Sachen nicht behalten, Bürgerin, da sie mir in den letzten Monaten keinen Lohn gegeben haben!« entgegnete ich möglichst ruhig, und sie lachte höhnisch.

»Hatte ich denn selbst Geld? Marsch, an die Arbeit! Meine Mutter wartet!«

Eugen wollte das Wort ergreifen, aber ich gab ihm einen Wink, dass er schweigen sollte. Ich bedauerte das stolze Mädchen, das sich auf den Höhen der Menschheit geglaubt hatte, und nun grausam hinuntergeworfen war.

Sie sah den Blick, aber verstand ihn natürlich nicht!

»Wollt Ihr hier über mich lachen? Meint Ihr, ich lasse mich verspotten, nur, weil ein anderer Wind weht? Ihr werdet beide noch merken, dass Menschen wohl sterben können, aber niemals ihre Gedanken!«

Schweigend ging ich in die kleine Mansarde, die mir als Gemach gedient hatte, und als die arme Frau Duplay Schritte hörte und laut rief, trat ich einen Augenblick bei ihr ein.

Sie lag zitternd im Bett.

»Ach, Tony, bist du es? Warum bist du weggelaufen, da wir dich so nötig hatten? Denke doch, das Volk war so böse auf uns und wollte das Haus anstecken! Und wir haben doch nichts Übles getan! Robespierre war ein prächtiger Mensch, und sein armer Bruder tat niemand etwas zuleide! Auch mit dir sind beide immer freundlich gewesen, und nun mussten sie sterben!« »Nachdem sie Tausende hatten sterben lassen!«, erwiderte ich ernsthaft, und die Alte sah mich unsicher an.

»Es war gut für die Republik!«, erwiderte sie, und auch hier hatte ich nicht das Herz, meinen rechten Namen zu sagen. Eilig packte ich meine wenigen Sachen zusammen und schlüpfte unbemerkt die Treppe hinunter. Die Vallier, die jetzt nichts mit den Jakobinern zu tun haben wollte und sich bei uns eingenistet hat, mochte ihnen die Wahrheit über mich sagen. Eugen, der unten auf der Straße auf mich wartete, trug mir dann mein Bündel nach Haus. Er und Hortense, seine Schwester, wohnen ebenfalls bei uns, aber Barras wird ihnen schon eine andere Wohnung besorgen, wenn wir abreisen dürfen.

Wie Eugen vor dem Duplayschen Hause stand, sah er viele Vorübergehende sich die einstige Wohnung des blutdürstigen Tyrannen zeigen. Sie hoben geballte Fäuste und drohten dorthin.

Und er wunderte sich mit mir, dass plötzlich ein so großer Umschwung gekommen war. Er sagte, die Hinrichtung von Cécile Renaud mit zwölf unschuldigen Genossinnen wäre der Anstoß zur allgemeinen Wut gewesen. Dann ist meine liebe Freundin also nicht umsonst gestorben.

* * *

Wir können noch immer nicht reisen. Der Nationalkonvent muss seine Zustimmung geben, sonst werden das Haus und die Güter des Onkels konfisziert. Wir warten also geduldig und suchen das Schicksal des armen Onkels zu erfahren. Es ist aber unmöglich.

Als ich gestern mit Eugen und Hortense spazieren ging, wurde Marats Sarg gerade aus dem Pantheon gebracht. Der Porphyrsarg kam wieder ins Louvre, die

Gebeine des einst so großen Mannes wurden weggefahren, um in eine Kloake geworfen zu werden. Einige Gassenjungen liefen hinter dem Zuge her und jubelten: gerade, wie sie gejubelt hatten, wenn ehemals der Karren zur Guillotine fuhr. Niemand achtete auf ein Häuflein Nationalgarden, das langsam die Straße hinabkam. Lauter junge Soldaten mit finstern Gesichtern und schlechten Uniformen. Vor ihnen ging ein älterer Offizier und zu allerletzt kam Peter Fuchs. Ich erkannte ihn gleich, obgleich er einen dünnen wilden Bart hatte und einen Arm in der Binde. Auch er sah mich, wollte aber weitergehen und blieb wie unwillig stehen, als ich ihn anrief: »Holla, Peter, was machst du?«

Er zögerte mit der Antwort und sah geradeaus.

»Wie soll's gehen? Die Royalisten haben mich in den Arm geschossen, und ich heiße jetzt Pierre Renard, und so will ich genannt sein!«

»Auch gut!«

Ich und Eugen gingen jetzt neben ihm. »Freust du dich nicht, dass die Bluthunde allmählich hingerichtet werden?«

Er antwortete nicht, und ich fragte, woher er eigentlich käme?

»Aus Nantes!«

Ich blieb stehen.

»Peter, du bist doch nicht mit dem Unhold Carrier dort gewesen?« Denn wir hatten alle von den entsetzlichen Dingen gehört, die dort geschehen waren.

Peter sah mich wieder nicht an.

»Ich habe gehorchen müssen!«

Seine Stimme klang rau, und über mich lief ein Schauer.

»Peter, du hast doch keine Menschen aneinander gefesselt und ins Wasser geworfen?«

Heftig wandte er sich ab.

»Was geht's dich an! Ich war Soldat und musste gehorchen!«

Dann ging er mit langen Schritten seiner Truppe nach. Ich aber kämpfte mit den Tränen. War das mein Kinderfreund, der übermütige Peter Fuchs? Hatte den auch das viele vergossene Blut vergiftet?

Hortense war der Karre mit Marats elenden Resten nachgelaufen: Nun kehrte sie zu uns zurück, hatte irgendein kleines Abenteuer erlebt und plauderte lustig darüber. Aber ich konnte nicht mit ihr lachen.

* * *

Herr Barras hat erlaubt, dass ich Madame Royale im Tempel besuche. Sie ist noch immer gefangen, und der kleine König lebt auch noch. Der aber wird nicht gezeigt. Barras sagt, dass sich um diesen Knaben eine Legende bildete, die eine Lüge wäre; aber von der Vallier weiß ich andere Dinge. Ich darf nicht davon reden und helfen kann ich auch nicht.

Mit klopfendem Herzen ging ich in den Tempel, den ich schon oft aus der Ferne betrachtet habe. Eine enge Treppe führt in das Gemach, in dem Marie Therese bei der Handarbeit saß. Gerade wie damals in den Tuilerien. Aber aus dem ernsten Mädchen war eine finstere Frau geworden. Sie reichte mir die Hand, die ich zu küssen versuchte, aber sie entzog sie mir gleich.

»Lassen Sie diese Dinge, Bürgerin!«, sagte sie. »Weshalb besuchen Sie mich? Aus Neugierde?«

»Aus Liebe!« entgegnete ich, und sie bohrte die Nadel in ihre Arbeit.

»Es wird Neugierde sein oder Mitleid. Ich hasse beides. Man soll mich in Ruhe lassen.«

»Freut es Sie nicht, Madame, wenn die Menschen Ihrer gedenken?«

Sie schüttelte den Kopf.

»Mich freut nichts mehr. Freuen, was ist das für ein Wort? Glauben Sie wirklich, es gäbe noch eine Freude für mich? Meine Eltern hingemordet, mein Bruder –« sie hielt inne und schien nach etwas zu horchen.

»Ehemals habe ich ihn noch einmal singen hören. Es war jämmerlich, aber er hatte noch eine Stimme. Jetzt ist er still geworden.«

Sie sprach nicht mehr, und ich ging leise wieder weg. Die Prinzessin soll nach Österreich geschickt werden, für sie will man gefangene Generale wieder eintauschen. Der kleine König aber, was geschieht mit ihm?

Am Abend sprach ich mit Frau Josephine darüber, die wohl mitleidig war, aber auch sehr gleichgültig.

»Zergrübeln Sie sich nicht Ihren hübschen Kopf über die Politik! Es gibt immer schreckliche Dinge, die man vergessen muss!«

Aber es gibt Schrecklichkeiten, die man nicht vergessen kann. Ich denke an die arme Prinzessin und an meinen Freund Peter. Ach, ich bin traurig!

Plön.

Es ist Winter, und es ist kalt. Im Ofen zerknistern die Buchenscheite, und draußen läuten die Glocken. Am Weihnachtsabend sind wir hier wieder angekommen, und Fräulein Georgine Ahlefeld weinte vor Freuden. Herr von Treusch weinte nicht, aber sein Gesicht war so voller Sorgenfalten, dass es eine Erleichterung war, ihn lächeln zu sehen. Er hat eine kleine Erbschaft gemacht, und Tante Amelie bringt etwa tausend Louisdor mit. Das ist heutigentags ein Kapital, und ich finde es begreiflich, dass die zwei Liebenden nun nicht länger warten, sondern sich möglichst schnell heiraten wollen. Es ist ein stilles Brautpaar, aber ein sehr glückliches. Tante Amelie ist im Gefängnis förmlich lebhaft geworden: Sie kann lange von ihren Erlebnissen berichten, und Tante Georgine wird nicht müde zu fragen.

Ich schleiche mich leise davon. Mir wird schwer, an alles zu denken, das vergangen ist. Ich gehe in den winterglitzernden Garten und sehe hinüber zu den Erdbeerbeeten des Herrn Fuchs. Sie gehören ihm nicht mehr. Er soll nach Hamburg gezogen sein und den größten Teil seines Geldes verloren haben. Was aus ihm geworden ist, weiß kein Mensch. Der Herzog macht jetzt bei einem andern Kaufmann Schulden und ist ebenso gnädig mit ihm, wie ehemals gegen Herrn Fuchs.

Hier wohnen noch eine Menge von Emigranten, die Frankreich verließen und nicht wieder hinein dürfen.

Marquis, Grafen und Barone, alle Titel sind vertreten, und in Eutin und Lübeck sollen noch mehr sein. Wenn Tante Amelie einem dieser Herren begegnet, fragt sie ihn gleich nach ihrem Bruder, aber niemand hat ihn gesehen.

Sie sprechen von den Septembermorden und zucken die Achseln. Wer so unvorsichtig war, bis zu diesem Augenblick in Paris zu bleiben, der musste die Folgen tragen. *Mon dieu*, eine entsetzliche Geschichte – besser, nicht davon zu reden!

Aber sie fragen, ob die Baronesse ihnen vielleicht einige Taler leihen könnte. Die Zeiten sind schlecht, und selbst in diesem Barbarenlande braucht man Geld! Tante Amelie hat ihr Geld schon Herrn von Treusch übergeben; das ist ein Glück, sie würde keinen Groschen für sich behalten.

Der Herzog gibt dem jungen Paare eine Freiwohnung auf dem Schloss, und Fräulein von Ahlefeld will mich bei sich behalten.

»Ottony muss wieder rote Bäckchen bekommen und ein fröhliches Gesicht«, sagte sie. »Dann wird schon der rechte Mann für sie kommen!«

Auf diese Worte erwiderte ich nichts. Barras hat mir gesagt, dass Tante Amelie und ich die rechten Erben des Marquis von Montmédy sind. Er hatte zwei Güter und das Haus – also brauche ich vielleicht nicht zu heiraten, um mich satt essen zu können. Wir werden sehen!

Februar.

Herr von Treusch und Tante Amelie sind miteinander in der Schlosskirche getraut worden. Der Herzog war zugegen und viele Emigranten, die sehr gerührt taten. Aber sie wollten nur an dem Essen teilnehmen, das der gute Herzog ausrichtete. Im Rittersaal fand es statt, und einige lustige Herren führten ein Schäferstückchen auf, bei dem mehrere ältere Damen weinten, weil es sie in die Zeiten ihrer Jugend und nach Trianon versetzte. Denn auch französische Damen gibt es hier; sie tragen große Perücken und benehmen sich hoffärtig gegen den eingeborenen einfachen Adel. Aber man muss sie ertragen, wie sie sind; sie alle sehnen sich nach Frankreich und nach den Zeiten des Glücks. Vorläufig aber sind sie noch geächtet und müssen das Brot der Fremde essen, das ihnen nicht immer mundet.

* * *

Ich will immer viel schreiben, komme aber nicht dazu. Fräulein von Ahlefeld hat mit mir den Hof von Eutin besucht, wo auch ein Peter regiert, er hat aber mehr Verstand als unser lieber Herzog!

Auch hier sind viele Emigranten, und einer von ihnen, ein Graf Brantôme, hat mir erzählt, dass der Marquis von Montmédy in Kiel gestorben wäre. Er soll auf dem dortigen Kirchhof bestattet sein. Jean Barival hat's berichtet. Der ist nämlich auch hier und wohnt in Lübeck. Gelegentlich kommt er hierher, um sich bei dem Herzog in Erinnerung zu bringen, weil dieser ihm eine Anstellung versprochen hat.

Also Jean ist auch in der Nähe! Wie wunderbar! Aber ich will nicht an ihn denken. Er ist feige davongelaufen und mag sehen, wie er allein durchkommt.

* * *

Tante Amelie und ich waren in Kiel und haben das Grab des Onkels gefunden. Ganz versteckt liegt es in einer Ecke des alten Kirchhofs, nur ein hölzernes Kreuz bezeichnet die Stätte. Wir haben einen ordentlichen Grabstein machen und seinen vollen Namen darauf schreiben lassen. Wir wissen sonst nichts Näheres und können auch nichts erfahren. Es ist im vorigen Jahr ein großer Zuzug von Emigranten nach Holstein gewesen, weil sie anderswo ausgewiesen wurden. Der Marquis von Montmédy war von einem Diener begleitet, über dessen Verbleib niemand etwas sagen kann. Die Behörden sind dem großen Fremdenandrang gegenüber ratlos gewesen; später haben sich die Emigranten über Schleswig verstreut. Einige mussten Unterstützung haben; andere waren im Besitz reichlicher Geldmittel.

Onkel Ferdinand, wie ich jetzt Herrn von Treusch nenne, hat alle diese Nachrichten zusammengetragen, und Tante Amelie schüttelt den Kopf. Nach ihrer Ansicht musste der Marquis eine große Summe bei sich haben, die er gewiss nicht gleich verausgabte wie die meisten Emigranten. Wo ist dieses Geld geblieben?

»Charles wird es genommen haben!«, sage ich, und sie wird nachdenklich.

»Charles! Meinst du, dass er mit meinem Bruder gegangen ist? Ich glaube nicht viel Gutes von ihm!«

Wer soll aber sonst der Diener gewesen sein? Und wenn es Charles war, dann wird er natürlich mit dem Rest des Geldes verschwunden sein. Jedenfalls ist der Marquis gestorben, wir haben durch einige bei ihm gefundene Papiere die Beweise, und sie sind beruhigender, als hätte er seine Seele unter den Hieben der Septembermörder ausgehaucht.

Die armen Emigranten! Es soll einige im Kieler Armenhaus geben; der Stadtschreiber hat's an Onkel Ferdinand berichtet. Eine alte Frau ist dort, die sich in lichten Augenblicken eine Herzogin nennt, aber ihren Namen vergessen hat. Auch ein Mann, der seinen Namen nicht sagen kann, ein älterer Mann, der eines Abends hilflos und in Lumpen auf der Landstraße aufgefunden wurde. Woher er kam, konnte er nicht angeben, er konnte kaum sprechen noch hören. Herr von Treusch fragte, ob wir uns diese armen Menschen ansehen wollten, aber Tante Amelie lehnte hastig ab. Ihr war es eine Beruhigung, dass ihr Bruder Frieden gefunden hatte, den andern konnte sie doch nicht helfen. Nein, wir können nicht allen bedürftigen Franzosen helfen, die in Scharen in dies Land gekommen sind. Die meisten verlangen viel und sind außerdem undankbar. Man kann Angst vor ihnen bekommen.

Itzehoe im April.

Mit Fräulein von Ahlefeld wohne ich im adligen Damenstift Itzehoe. Es ist ein vornehmes Stift, und die Äbtissin ist eine Prinzessin. Alle Damen sind sehr artig gegen mich, und da ich einen deutschen Namen trage, klagen sie offen über die Anmaßung der Emigranten, die sich auch hier eingenistet haben. Natürlich sind auch gute Menschen darunter, aber die andern sind in der Überzahl. Doch die Äbtissin freut sich an den klangvollen Namen, an den feinen Manieren, an allem Glanz, der manchmal über den Gestalten des *ancien régime* liegt; und an diesem Abend gibt sie eine große Gesellschaft, zu der die vornehmsten der in Itzehoe wohnenden Franzosen geladen sind. Tante Georgine hat abgesagt, well sie nicht mehr den Schwibbelschwabbel hören mag, wie sie die französische Sprache nennt; ich aber komme mit Freuden. Es ist doch schön, einmal wieder Französisch sprechen und vielleicht auch Bekannte sehen zu dürfen. Denn in Gedanken bin ich noch immer in Frankreich. Das Leben hier ist einförmig, und ich bin jung!

Andern Tags.

Ich habe eine Bekannte getroffen: Koralie! Sie trägt seidene Kleider, schnürt sich stark, spielt die große Dame und nennt sich Fräulein von Brielle, nach dem einen Gut des verstorbenen Onkels. Sie begrüßte mich mit großer Unbefangenheit.

»Ach, Baronesse, sind Sie auch hier? Also das Gefängnis hat Sie nicht behalten!«

Wie frech war sie! Jedenfalls musste ich ihr antworten.

»Ja, trotz Ihrer Liebenswürdigkeit bin ich der Guillotine entronnen!«

Sie zeigte ihre spitzen Zähne.

» *Mon Dieu,* haben Sie mir die Sache übel genommen? Es war doch gut, dass Sie ins Gefängnis kamen und nicht auf die Straße! Nach meiner Ansicht habe ich Ihnen das Leben gerettet!«

Ich hatte meine Fassung wiedergewonnen.

»Wie interessant, dass Sie sich Brielle nennen und nicht Lenoir. Für den Adel scheinen Sie eine große Schwäche zu haben!«

»Ich bin adelig! Mein Vater war der Marquis von Montmédy, und es war immer seine Absicht, mir seinen Namen zu geben. Der Tod hat ihn an diesem Vorhaben gehindert. In den Septembertagen ist er wahrscheinlich ums Leben gekommen, wie auch Sie wissen werden!«

Ich wusste es anders, aber ich ließ sie stehen und sprach mit einer alten Marquise, die in der Stadt eine Kleinkinderschule gegründet hat. Sie kommt aus Hamburg und hat dort arbeiten gelernt. Sie ist eine energische stolze Dame, und wie ich ihr die Hand reiche, nickt sie mir zu.

»Gut, dass Sie sich nicht mit dieser Brielle abgeben mögen. Wir kennen alle nicht ihren Stammbaum und glauben, dass sie sich den Adel anmaßt. Aber das tun augenblicklich viele Franzosen. Ich wollte dagegen nichts sagen, aber da sie mit dem Vicomte Barival zusammenlebt, so ist ihr Ruf doch schlecht!«

»Mit Barival?«

«Ja, ja, ich glaube sogar, dass er jetzt Marquis ist. Sein Vater soll tot sein. Ein gewissenloser Mensch, aber ein kluger. Dem wird's noch einmal gut gehen, gerade wie Herrn Barras, der den Mantel nach dem Winde hängt!«

Und sie berichtete von Barras, dem einstigen Freunde der Schreckensmänner, der jetzt andere Saiten aufzieht und sich überall unentbehrlich macht. Ich antworte nicht viel darauf. Vor mir steht das Bild, wie Jean und Koralie sich küssten! Ich wurde ins Kloster verbannt – Koralie blieb im Hause und warf ihre Netze weiter nach Jean aus. Hat er wirklich kein Gewissen? Die ganze Gesellschaft ist mir verleidet. Zum hundertsten Male höre ich die Emigranten von ihren Reisen, ihren Abenteuern berichten. Jetzt geht ihr Sehnen danach, wieder nach Frankreich zurückkehren zu dürfen; aber sie stehen auf den Konskriptionslisten.

Koralie sitzt plötzlich neben mir, lächelt mich an, und ich forme einige Worte.

»Stehen Sie auch auf den Listen, Mademoiselle?«

Sie funkelt mich zornig an. Dann wird sie geschmeidig.

»Baronesse, Sie werden mich nicht verraten, nicht wahr? Sie wissen doch selbst, dass ich Ihre Verwandte bin – und Sie sind ein edler Charakter. Wenn Ihr Onkel lebte, dann würde er mich beschützen!«

Das würde er, und die Rücksicht auf sein Andenken bindet mir die Zunge. Koralie sieht, dass ihre Worte Eindruck machen, und sie benutzt meine nachdenkliche Stimmung.

»Sagen Sie selbst, Baroness, was sollte ich hier in Deutschland machen ohne einen adligen Namen? Ich ging aus Paris weg, weil mir Gefahr drohte. Charles, dieser abscheuliche Diener, stellte mir schon lange nach. Sie merkten's natürlich nicht. Sie sind eben eine feine Dame, und ich bin auf dem Korridor groß geworden. Wäre ich in Paris geblieben, mein Schicksal wäre dasselbe, wie das der meisten Aristokraten gewesen; daher zog ich vor, zu fliehen. Nun muss ich Sie treffen; ist das nicht wunderbar? Wir wollen zusammenhalten, nicht wahr?«

»Ich denke, dass Sie genug Schutz an Barival haben«, sage ich möglichst gleichgültig, und Koralie wird unter ihrer Schminke rot. Dann schlägt sie die Augen nieder.

»Ist auch zu Ihnen schon die Verleumdung gedrungen? *Mon Dieu*, wie bei uns geklatscht wird, ist nicht zu sagen! Aber Sie sind zu vornehm, um diesen Unsinn zu glauben!«

In diesem Augenblick schickt die Äbtissin ihr Hoffräulein zu mir, um mich an ihre Seite zu befehlen. Ich soll einer alten Baronin aus Hannover vorgestellt werden, die mich lange durch ihre Lorgnette betrachtet und dann fragt, ob ich etwas von der Milchwirtschaft verstände.

Auf mein erstauntes Nein macht sie ein enttäuschtes Gesicht und flüstert der Äbtissin einige Worte zu, die mit lauter Stimme erwidert, dass diese Dinge von einem vornehm geborenen Fräulein mit Leichtigkeit gelernt werden können. Dann muss ich ein Kreuzfeuer von Fragen über meine Familie, meine Ahnenreihe, meinen Onkel über mich ergehen lassen, bis ich ungeduldig werde und mich verabschiede. Auf der Diele steht Fräulein von Ahlefelds Mädchen; mit ihr bin ich eilig über den Klosterhof gelaufen.

Tante Georgine, der ich heute diese Unterhaltung berichtete, machte ein ernstes Gesicht. Die Baronin sucht eine Frau für ihren verwitweten Sohn. Er hat nur drei Kinder und ein schönes Gut. Viele Fräuleins würden ihn mit Freuden nehmen.

*   *
  *

Tante Amelie schreibt heute. Josephine Beauharnais hat sich wieder verheiratet, und zwar mit dem General Bonaparte, dessen Namen jetzt so oft genannt wird. Er soll sehr tapfer sein. Ich meine, ihn einmal gesehen zu haben, damals, als die arme Königsfamilie aus den Tuilerien vertrieben wurde. Hübsch war er nicht; der gute Peter war viel hübscher. Der gute Peter! Wo steckt er wohl und macht er immer noch das finstere Gesicht wie damals, als er aus Nantes kam?

Die alte Baronin hat Tante Georgine besucht, und ich musste den Kaffee schenken. Sie ist eine steife Frau mit einem kalten Gesicht. Aber es hat den Anschein, als fände ich Gnade vor ihren Augen. Mir schaudert, aber Fräulein Georgine sagt jeden Tag, dass es eine Gnade von Gott ist, eine christliche und adelige Ehefrau zu werden. Sie selbst ist Klosterdame und kann ohne Ehestand fertig werden; ein armes Fräulein aber, das nur wenig Geld hat, muss sich nicht lange sträuben, wenn ihm eine gute Gelegenheit geboten wird. Ich antworte nicht viel auf diese Reden. Vor unserer Abreise aus Paris hat Barras mir gesagt, dass ich wahrscheinlich Anspruch hätte auf einen Teil vom Besitz meines Onkels. Jedenfalls wollte er sich in meinem und in Tante Amelies Interesse bemühen. Dann also würde ich noch einmal über ein stattliches Vermögen verfügen, und es ist mir auch, als hätte die Äbtissin einiges darüber mit der Baronin geflüstert. Natürlich: Die Französische Republik gibt vorläufig kein konfisziertes Eigentum heraus, aber die Zeiten könnten sich doch einmal ändern. Jedenfalls will ich keine hannöversche Baronin mit einer Milchwirtschaft werden!

Ende April.

Heute war ein so herrlicher Tag. Ich ging lange allein im Klostergarten spazieren, horchte auf die Nachtigall und dachte an die Zeit vor einem Jahre. Da sah ich Robespierre täglich und fütterte seinen Kanarienvogel. Und dann kam bald der Tag, an dem meine kleine Cécile im roten Hemde bei uns vorüberfuhr. Wie sonderbar ist es, im grünenden Walde zu wandern, auf den Schlag der Amsel zu lauschen und die Wildtauben gurren zu hören! Dass es solchen Frieden gab, habe ich kaum mehr geahnt. So alt bin ich geworden, so müde! Ich sehne mich nach allem, das vergangen ist, nach allem, über dem ein schwarzer Schleier liegt! Bin ich wirklich noch jung, und habe ich ein klopfendes Herz?

Solche Gedanken wanderten in mir, und dann begann mein Herz, wirklich zu klopfen. Jean Barival stand vor mir. Kein geputzter Jüngling mehr: ein Mann mit scharfen, klugen Zügen, in einfacher Kleidung und doch mit dem Stempel der Vornehmheit! Er fasste meine Hand und führte sie an die Lippen.

»Ottony, welch ein Wiedersehen nach so viel schweren Tagen!«

»Waren die Tage auch schwer für Sie, Vicomte?«

Er wurde ernst. »Sie haben recht, ich bin der Gefahr aus dem Wege gegangen, weil ich die bodenlose Leichtgläubigkeit des Hofes nicht teilte; aber das Brot der Fremde zu essen, ist nicht immer leicht; und ich stehe natürlich auf der Konskriptionsliste. Das ist kein Vergnügen, wenn es einen mit allen Fasern ins geliebte Vaterland zieht; aber eine große Freude beschert mir der heutige Tag: Ihre holde Gegenwart!«

Er küsste mir noch einmal die Hand und sah mich mit den flimmernden Augen an, die meine Pulse schon früher lebhafter schlagen machten. Aber ich war kein törichtes Kind mehr, ich ging in gerader Haltung neben ihm, sprach vom Frühjahr, von der kleinen sonderbaren deutschen Stadt, von allem, das mir gerade einfiel, und dann auch von Koralie.

»Sie haben sie mitgenommen, Vicomte. So wenigstens verstand ich neulich von ihr!«

»Sie ist mir gefolgt und hat mich getroffen«, erwiderte er ruhig. »Da sie doch in näheren Beziehungen zu Ihrem Herrn Onkel stand, durfte ich ihr meinen Schutz nicht versagen. Ich kenne sie außerdem seit meiner Kinderzeit – ein Barival lässt keine Frau im Stich, die sich vertrauensvoll an ihn wendet!«

Ich konnte ein Lächeln nicht unterdrücken, das er mit einem ernsten Blick erwiderte.

»Liebe Ottony, Ihnen sind Klatschgeschichten zugetragen, die ich sehr bedaure. Eine Dame Ihres Standes sollte darüber erhaben sein, und außerdem sollten Sie sich des Wunsches Ihres verstorbenen Onkels entsinnen, der eine Verbindung unserer Familien fest bestimmte. Wir sollten so bald wie möglich diese letzte Bestimmung ausführen.«

»Ich denke nicht daran, Sie zu heiraten!«, rief ich trotzig. »Behalten Sie Ihre Koralie – ich bleibe lieber allein, als mich mit Ihnen zu verbinden!«

Mein eigenwilliger Ton erschreckte mich selbst, aber Jean lachte plötzlich.

»Sie sind noch ganz die Alte, Ottony! Nur viel, viel hübscher geworden!«

Er ergriff meinen Arm und flüsterte mir allerhand Schmeicheleien zu, und als ich ihn abwehrte, wurde er wieder vernünftig, berichtete von seinem Leben in Lübeck, wo er eine Stellung bei einem Kaufmann angenommen hat und eifrig den Handel studiert. Er war in mancher Beziehung unverändert; obgleich wir uns so lange Jahre nicht gesehen hatten, und ich ihm noch immer grollte, weil er Koralie mir vorzog, so konnte ich doch nicht umhin, auf seine Worte zu hören und ihm zu antworten.

Er ist anders als die französischen Herren, die ich hier kennenlerne. Sie denken nur an sich, klagen über ihr Geschick und verlangen immer Rücksicht ohne Gegenleistung. Jean hingegen sieht ein, dass er arbeiten muss, wenn er leben will. Ja, er ist vernünftig, aber ich will doch nicht anders an ihn denken als an einen Jugendfreund, der mir Enttäuschungen bereitete. Außerdem hat er ja Koralie.

Mai.

In Frankreich hat sich der Nationalkonvent aufgelöst, und es ist eine Direktorialregierung eingesetzt. Wahrscheinlich werden bald geregelte Zustände eintreten. Die hiesigen Emigranten sind aufgeregt, und einige versuchen, nach Frankreich zurückzukehren. Das soll zu früh sein. Barival sagt es, der einmal wieder hier ist. Er hat Tante Georgine einen Besuch gemacht, und diese empfindet Wohlwollen für ihn. Mehr allerdings noch für den Baron Neuhof, dessen Mutter mich so lange betrachtete, und der jetzt erschienen ist. Ein dicker großer Mann, mit einer Perücke, die er im Hause mit einer Wollmütze vertauscht. Dabei raucht er eine Kalkpfeife nach der andern und spricht über seine Kühe und seinen Stammbaum. Aber Tante Georgine behandelt ihn sehr freundlich, und als ich mich etwas abweisend verhalte, fragt sie spöttisch, was ich denn noch vom Leben erwarte? Ich bin arm, die Republik wird sich hüten, die Güter meines Onkels herauszugeben; in ein evangelisches Kloster gehöre ich kaum, da ich katholisch bin. Auch über diesen Übelstand will der Baron wegsehen, wenn ich ihn heirate. Im Allgemeinen ist ihm die Religion überhaupt gleichgültig.

Dies sind schwere Tage. Ich hätte manchmal Lust zu weinen, so überflüssig komme ich mir vor. Weshalb wohl die Guillotine mich verschont hat? Dann wäre mein irdischer Leib mit Kalk übergossen, und meine Seele hätte den Frieden.

Jean fragte mich, weshalb ich verweinte Augen hätte; aber ich habe eine ausweichende Antwort gegeben. Er soll nicht mit Koralie über mich lachen. Baron Neuhof ist ein Bauer, aber er ist doch ein ehrlicher Mann.

* * *

Eine Nichte von Tante Georgine ist heute zu Besuch gekommen, ihr Vater ist gestorben, und sie muss lange Zeit hier bleiben. Deshalb wohl will mich das gute Fräulein los sein. Also werde ich den Baron heiraten, der noch immer bei einer entfernten Verwandten auf dem Kloster wohnt und eifrig zur Jagd geht. Ich werde ihm eine gute Frau, seinen Kindern eine gute Mutter sein.

Gerade wie ich diesen tapferen Entschluss gefasst und mich mit einem Spaziergang durch den Klostergarten für mein Vorhaben stärken will, sehe ich in der Ferne den Freiersmann, wie er die dralle Magd des Klosterpächters umfasst und küsst. Sie hält ganz still: Ihr scheint diese Zärtlichkeit nichts Ungewohntes zu sein. Und gerade, wie ich mich entrüstet abwende und nicht weiß, ob ich weinen oder lachen soll, tritt mir an einer Wegbiegung Jean Barival entgegen und zieht mich leise zu sich. Da habe ich versprochen, ihn zu heiraten.

Drittes Buch

Paris, 1800.

Gestern Abend sind der Marquis und ich hier angekommen und im Gasthaus abgestiegen. Es ist merkwürdig, wieder in Paris zu sein! Manchmal denke ich, dass ich die letzten fünf Jahre geschlafen habe, dann aber weiß ich doch, dass ich lebte, dass ich aber nicht schreiben mochte. Wozu auch? Das Leben war nicht ganz leicht in den deutschen Städten, in denen der Marquis seine Tätigkeit suchte. Das Leben mit ihm war auch nicht leicht, darüber aber will ich lieber nichts schreiben. Jean Barival ist nun einmal mein Gemahl geworden, und wir leben vornehm und gleichmütig nebeneinander. Mein Junge ist drei Jahre alt – wir haben ihn Heribert, nach meinem Onkel, genannt, und jetzt ist er in Plön bei der guten Tante Amelie. Solange wir keine rechte Heimat haben, soll er den Frieden der stillen Häuslichkeit im Schloss zu Plön kennenlernen. Er hat blonde Haare und blaue Augen. Könnte ein deutscher Bube sein und ist doch der zukünftige Marquis von Barival. Er darf's nicht vergessen, sein Vater sagt's ihm täglich. Dabei ist das Schloss Barival noch in den Händen der Republik, und wir sind hergekommen, um die Besitztümer meines Onkels wieder zu erlangen. Sie sind uns sicher, Josephine Bonaparte hat es Tante Amelie und mir versprochen;

besser aber ist es, einmal selbst nach dem Rechten zu sehen.

Talleyrand, mit dem wir den gestrigen Abend zusammensaßen, sagt dasselbe. Das war im Esszimmer des Gasthofes, der voll von eleganten Menschen war. Die Frauen wenig bekleidet, aber mit Schmuck behängt; die Herren in den sonderbarsten Kostümen, wie wir sie in Deutschland kaum gesehen hatten. Niemand trägt eine Perücke mehr oder gepuderte Haare. Der erste Konsul, dessen Bild man überall sieht, trägt sie lang und glatt, mit einer Art Locke über der Stirn, und Jean hat sie sich schon heut morgen gerade so frisieren lassen. Sein welliges blondes Haar eignet sich schlecht zu dieser Tracht, aber man muss der Mode sein Opfer bringen. Wenn's das einzige ist, will ich zufrieden sein!

So schön in Paris! Mitten im Frühlingsglanz, mit blühenden Bäumen und Tausenden von Blumen! Heute bin ich ganz allein in unserem Garten spazieren gegangen. Denn es wird wieder unser Garten sein und unser Haus. Die Republik hat's nicht angerührt, sondern alles leer und verschlossen stehen lassen. Der Onkel hat nämlich nicht auf der Konskriptionsliste gestanden, und die Namen seiner Erben waren aufgezeichnet in den Listen der Gefängnisse. Dann hat Josephine, die jetzige Konsulin, ihre Hand über dem Besitz gehalten. Sie wird mich in den nächsten Tagen empfangen, damit ich ihr meinen Dank ausspreche. Sie ist eine vornehme Frau, wohl die vornehmste in Frankreich geworden, und sie soll ihre Stellung gut ausfüllen. Der Konsul soll sie sehr lieb haben; aber man munkelt, dass sie nicht mehr die einzige Königin seines Herzens ist. Wer aber unter uns Frauen darf verlangen, die einzige Liebe ihres Mannes zu sein? Während ich unter den Bäumen des alten Gartens wandere, denke ich über diese Dinge nach. Ich weiß lange, dass Koralie noch immer eine Rolle im Leben meines Mannes spielt, dass er ihr Geld schickte, als wir selbst kaum etwas hatten. Wenn ich doch nur wüsste, was er an ihr findet! Augenblicklich weiß ich nicht, wo sie sich aufhält, und ich frage auch nicht. Nachgerade wird man gleichgültig. Aber ich denke an alte Zeiten, an die schlanke Gestalt meines Onkels, der einst hier Herr war, an sein stilles Grab im Norden. Und wie ich mir durch einen Wächter das stille große Haus aufschließen ließ, gedachte ich der Gestalten, die einst hier ein und aus gingen: der vornehmen Herren und Damen, der alten Lenoir, die längst nicht so schlimm war wie ihre Enkelin, und vieler vieler anderer. Und plötzlich steht das Haus Duplay vor mir, Lenore, die Stolze, der sanfte Robespierre, die kleine Jeanne. Und über mich kommt die Sehnsucht, sie alle wiederzusehen.

Jeanne wollte damals Paris nicht verlassen, und wir hätten sie auch kaum mitnehmen können. Sie und die Ballier taten sich zusammen, um irgendeinen Erwerb zu suchen, und ich vergaß sie, bis ich wieder herkam. So ist man das Produkt seiner Umgebung. Wie viel habe ich in Deutschland vergessen, das mir jetzt wieder in Erinnerung kommt! Peter Fuchs, wo bist du? Warst du nicht ehemals ein guter Kamerad, und holtest du mich nicht aus dem Gefängnis? Was ist aus dir geworden?

* * *

Also wir waren zum Tee bei der Konsulin. Sie war sehr reizend, sprach mit mir von alten Zeiten, was sie sonst nicht tun soll, und machte Jean ein Kompliment über mich, das dieser mit einer artigen Schmeichelei erwiderte. Dann kam der Konsul, vor dem ich eine Verbeugung machte, wie sie der arme Ludwig entgegenzunehmen pflegte, aber Bonaparte nahm sie freundlicher auf. Der Konsul hat ein schönes, interessantes Gesicht, er sprach gleich sehr lebhaft mit Jean, fragte ihn nach Deutschland und nach den dortigen Verhältnissen. Er interessiert sich für alles und scheint große Kenntnisse zu haben. Jean antwortete klug und verständig. Er weiß die Menschen immer für sich einzunehmen. Unsere Angelegenheiten stehen gut. Bald werde ich das Haus in der Rue Richelieu als mein Eigentum betrachten dürfen. Ebenso wie die zwei Güter in der Provinz. Wir werden an Tante Amelie allmählich eine Abfindungssumme bezahlen; und ich freue mich darauf, dass sie und ihr Mann aus kleinlichen Sorgen herauskommen, denn die Finanzen des Herzogs werden von Jahr zu Jahr schlechter, sodass er eigentlich niemals mehr Gehalt zahlt.

Jean ist mit allem einverstanden. Er weiß, dass meine Bekanntschaft mit der Konsulin ihm die Wege ebnet, also muss er mir rücksichtsvoll entgegenkommen, übrigens wäre es unrecht, zu behaupten, dass er jemals nicht rücksichtsvoll gewesen wäre; wir gehen nur kühl nebeneinander her, und ich empfinde Sehnsucht nach ein wenig Liebe. Seitdem mein Junge so weit weg ist, habe ich niemand, der mich liebt.

Wir machen Besuche und gehen viel in Gesellschaften. Solche wunderlichen Gesellschaften. Die Damen kaum

bekleidet und frei im Benehmen, die Männer unbescheiden und formlos. Beim ersten Konsul herrscht der beste
Ton; die anderen lachen und behaupten, dass er den
französischen Hof nachmachen will; das sollte ihm aber
nicht gelingen! Und sie sprechen zweideutige Dinge und
können nicht begreifen, dass ich sie nicht verstehen will.
Allerdings, ich bin ein Cidevant und habe einen Cidevant geheiratet. Es gibt Leute, die uns spitzige Bemer-
kungen machen. Aber weder ich noch Jean verstehen
sie. Denn das muss ich ihm lassen: Er ist trotz vieler Fehler immer ein vornehmer Mann geblieben.

* * *

Heute ging ich in die Rue St. Honoré. Eine Art Heim-
weh zog mich hin, über das ich mich selbst wunderte.
Aber es war so, und wie ich das alte Häuschen suchte, in
dem ich mit der Lenoir einige Zeit gewohnt hatte, empfand ich es fast schmerzlich, dass der baufällige Kasten
einem neuen Hause Platz gemacht hatte. Aber das Du-
playsche Haus war unverändert. Das Schild mit dem
Namen und einigen Emblemen hing noch vor der Tür,
und die Fenster waren alle wieder in Ordnung und
frisch gestrichen. Gerade wie ich mich unschlüssig vor
dem Hause aufhielt, ging die Tür auf, und der Tischler
kam heraus, in gerader Haltung und mit demselben
gleichmütigen Gesicht, mit dem er ehemals aus dem Ja-
kobinerklub zu kommen pflegte. Er sah gleichgültig
über mich weg, und ich mochte ihn nicht anreden. Wir
haben damals kaum einige Worte gewechselt; mit ihm
mich zu unterhalten, hätte wenig Sinn gehabt. Aber, als
nach wenig Augenblicken Lenore ihrem Vater folgte,
machte ich eine unwillkürliche Bewegung, sie anzure-

den. Sie war schwarz gekleidet und trug den Kopf gerade so hoch wie damals, als sie hoffte, die erste Frau in Frankreich zu werden.

Ihre Augen ruhten einen Augenblick auf meinem Gesicht, dann schürzte sie verächtlich die Lippen und raffte ihr Kleid zusammen, als scheute sie meine Berührung.

Ich war wirklich gekränkt. Natürlich ging ich nun weiter und fand bald einen kleinen Laden, vor dem der Name Vallier stand. Wahrhaftig, das war meine ehemalige Kollegin in der Hausarbeit, Bürgerin Vallier, die einen kleinen Laden von allerlei Niedlichkeiten aufgetan hatte, die mich gleich erkannte, mir fast um den Hals fiel und mich in das Hinterstübchen drängte und mich küsste.

»Mademoiselle sind Sie's wirklich? Ach, ich hab's gleich gedacht, dass Sie wiederkämen; es gibt doch nur ein Paris, nicht wahr? Hier nur kann man so hübsche Dinge erleben, wie wir es taten!«

Sie lachte, rieb sich die Hände, horchte auf die Ladenglocke, die aber nicht anschlug. Sie brachte gleich heraus, dass ich verheiratet und eigentlich eine Marquise war.

»So muss es sein, Bürgerin«, sagte sie befriedigt. »Einen Mann muss man haben und ein Kind, dann kann einem niemand etwas anhaben, besonders, wenn dieser Mann nicht gleich tot bleibt, wie es der armen Jeanne passiert ist. Sie hat einen Offizier von unserer glorreichen Armee gekriegt, und da muss er gleich bei Marengo fallen. Sie wissen, wir haben einen großartigen Sieg erfochten; das muss man dem Bonaparte lassen, dass er diese Dinge versteht, aber für die Frauen ist's nicht angenehm, wenn sie mit einmal Witwe werden!«

Wie sie so schwatzte, erfasste mich ein wunderbares Gefühl, eine Angst, die ich mir selbst nicht erklären konnte, aber Madame Vallier plauderte schon weiter.

»Ach, Bürgerin Marquise, Sie müssen sich der kleinen Jeanne annehmen, sie soll mal zu Ihnen kommen und ihre Schicksale berichten. Madame Didier heißt sie jetzt und hat eine kleine Tochter. In Italien ist sie gewesen und dann noch anderswo; wir Franzosen erobern ja die halbe Welt; aber dann ist Marengo gekommen, und nun weiß sie nicht recht, wovon sie leben soll. Irgendein General hat ihr sagen lassen, sie müsste sehen, bald wieder einen Mann zu bekommen, der für sie sorgte, aber so schnell geht's denn doch nicht, und jeden kann man nicht nehmen!«

Ich war wieder sehr ruhig geworden. Warum musste ich auch fürchten, dass mein guter Peter Jeannes Mann gewesen wäre und nun sein Leben ausgelebt hätte? Und wenn er es tat, was ging's mich an.

Die gute Vallier schwatzte unaufhörlich von den Duplays, die so starre Republikaner waren, dass sie sich offen gegen den ersten Konsul und seine Wohnung in den Tuilerien ausgesprochen hatten. Es gab überhaupt noch immer Jakobiner, die sich nichts von dem Italiener gefallen lassen und ihn bald absetzen wollten.

Frau Vallier ließ bei dieser Mitteilung ihre Stimme sinken und sah sich um, als fürchte sie, belauscht zu werden.

Die Wände haben Ohren, Bürgerin, im Tempel sitzt eine Menge von Gefangenen, die nichts anderes getan, als ihre Meinung gesagt haben. Aber Bonaparte liebt keine eigene Meinung. Nun, er ist ein großer General, das muss man ihm lassen, und seine Frau bringt Geld unter die Leute, obgleich sie eine schlechte Bezahlerin ist. Ja, wenn ich mir denke, dass die arme Witwe Capet schließlich kein ordentliches Kleid anzuziehen hatte, als sie sich zum letzten Mal in der Öffentlichkeit zeigte, dass das weiße Kleid, das sie trug, ein geliehenes war, dann geht's doch manchmal merkwürdig in der Welt zu. Denn ehemals hatte die Capet doch sehr schöne Kleider, und wo sie geblieben sind, mag Gott wissen. Wirklich, ich hab was von Robespierre gehalten, als er noch vernünftig war, aber all die schönen Sachen der Capets, die sie doch in den Tuilerien ließen, die sind doch alle verschwunden, und eigentlich gehörten sie dem Volke, das nichts bekommen hat. Ja, ja, Bürgerin, wir hier in der Straße reden manchmal noch von den alten Zeiten. Es war doch komisch, dass damals alle Aristos zur Guillotine kamen, und nachher alle die, die sie hinaufschickten. Wer hatte nun recht und wer unrecht?«

So schwatzte sie noch ein Weilchen, wollte mich nicht loslassen und hatte dies und jenes zu berichten, an das uns eine gemeinsame Erinnerung knüpfte.

Als ich meinem Mann nachher von meinem Besuch berichtete, hörte er sehr aufmerksam zu, riet mir dann aber, nicht wieder zu der guten Frau zu gehen, sondern ihren Besuch lieber bei mir zu empfangen, und den auch nur in beschränktem Maße.

»Wir müssen vorsichtig leben, Madame,« setzte er hinzu. »Mit Freundinnen von Robespierre dürfen Sie nicht verkehren, das könnte sowohl Ihnen wie mir schaden!«

Seit einiger Zeit schon sagt Jean Madame zu mir und nennt mich Sie – gerade wie ich ihn Monsieur und gleichfalls Sie nenne. Zuerst erschrak ich, als dieser steife Ton bei uns eingeführt wurde; jetzt habe ich mich daran gewöhnt. Der Marquis hat mich nur flüchtig geliebt; schon lange weiß ich es, und ich bin dumm, in ihm noch etwas Besonderes zu sehen. Ich tue es auch nur in verschwiegenen Stunden; er darf es nie merken. Er ist übrigens sehr froh in diesen Tagen. Der erste Konsul hat ihn in Frankreichs Dienste genommen: Er wird als hoher Beamter nach Oberitalien und vielleicht nach Rom geschickt. Soll Kunstschätze für die Republik sammeln und vielleicht neue Steuern ausschreiben. Er wird schon in den nächsten Tagen abreisen, während ich in Paris bleiben muss. Erstens, weil die Angelegenheit unserer Güter noch nicht geregelt ist, dann auch darum, weil ich mich gewissermaßen als Pfand für sein gutes Betragen hier aufzuhalten habe.

Mir ist alles recht, aber ich wäre doch lieber in das liebe kleine Nest des Nordens gegangen, wo mein Junge ist. Er spielt im Schlossgarten und ist ein dicker Bub geworden, wie Tante Amelie mir schreibt. Wer aber soll ihn mir herbringen? Und außerdem kommt hier die Hitze, und dort oben ist's kühl und grün. Ich muss mich bescheiden.

*
* *

Heute hat mich Jeanne Didier besucht. Eine zierliche kleine Frau, deren Haltung man nicht ansieht, dass sie einst ein einfaches Dienstmädchen war. Ihr Mann ist als Kapitän gefallen, und sie muss sich und ihr Kind allein durchbringen. Hat einen kleinen Mittagtisch eingerichtet, an dem einige junge Offiziere essen. Das bringt nicht viel Verdienst, aber doch so viel; dass sie und ihr Kind dabei satt werden. Und bei ihr erkundige ich mich nach dem Kapitän Renard, und sie weiß etwas von ihm. Ein tüchtiger Offizier, aber ein zu guter Republikaner. Der Konsul mag die strengen Republikaner nicht mehr; die kritisieren seine Handlungen zu laut und sehnen sich nach den Zeiten des ersten Direktoriums.

Jeanne kann vernünftig sprechen. Dreimal ist sie mit ihrem Mann ins Feld gezogen und hat alle Strapazen mit ihm geteilt. Sie hat ernsthafte und kluge Leute reden hören und von ihnen gelernt. So lustig wie ehemals ist sie nicht mehr. Wer aber kann immer lustig bleiben! Und sie lässt sich geduldig von meinem Knaben berichten und erzählt nur ganz bescheiden von ihrem eigenen Kinde. Aber sie hat ihr Töchterchen bei sich, und ich muss mich in Sehnsucht verzehren.

* * *

Der Marquis schreibt liebenswürdige Briefe und schickt sogar Geld. Er muss verstehen, die Steuern gut auszuschreiben, sodass viel für ihn abfällt. Anders kann ich es nicht begreifen. Aber es ist angenehm, unser verfallenes Haus wieder instand setzen zu lassen. Barival schickt auch Kunstwerke und Bilder fürs Haus. Allerdings mit der Bestimmung, falls die erste Konsulin einiges sehen und bewundern sollte, es ihr gleich zu schenken. Aber Josephine hat wenig Zeit, mich zu besuchen; außerdem erhält sie ganze Wagenladungen von Teppichen, Bildern und Marmorfiguren aus Italien. Sie ist zufrieden, wie mir scheint, wenn sie auch manchmal darüber klagt, dass Bonaparte wenig Zeit für sie habe.

Er soll ihr nicht mehr ganz treu sein; aber Jeanne sagt, dass die meisten Männer dies nicht seien. Und Bonaparte ist noch immer sehr rücksichtsvoll.

Jeanne ist eine gute Gesellschaft für mich. Sie kommt allwöchentlich einmal und berichtet mir manches, was ich sonst nicht wissen würde. Denn der erste Konsul hat mich in seinem Haushalt als Ehrendame seiner Gemahlin aufnehmen lassen. Dies bringt gerade keine Arbeit, bedingt aber, dass ich mich fast täglich in den Tuilerien zeigen muss.

Das Leben ist etwas einförmig, aber der Konsul wünscht nicht, dass seine Gemahlin alle ihre ehemaligen Freundinnen aufsuchen soll. Sie muss sich mit ihrem Umgang vorsehen. Sie ist immer gut zu mir, fragt gelegentlich auch wohl nach Tante Amelie und nach meinem kleinen Heribert. Aber seitdem ich bei der letzteren Frage einmal bitterlich weinte, fragt sie nicht mehr. Wenn ich doch meinen Jungen bei mir hätte! Doch der Marquis wünscht es nicht; ich habe ihn oft gefragt und immer dieselbe Antwort erhalten. Unser Kind soll in der Stille und Ländlichkeit erzogen werden, um gesund zu bleiben.

1804.

Napoleon ist Kaiser der Franzosen geworden, und auch Barival kam zur Krönung. Es war eine aufregende Zeit, man freute sich, als alles wieder in Ordnung war. Die alte Etikette ist eingeführt; viele ehemalige Emigranten erhalten hohe Hofstellen, und wenn der Marquis es wünscht, kann er Pair von Frankreich werden. Aber Barival geht lieber wieder nach Rom, wo er eine sehr angenehme Stellung hat. Ich höre, dass er dort in einem Palast wohnt und sehr schöne Gesellschaften gibt. Die Damen der römischen Aristokratie sind liebenswürdig gegen ihn, am meisten wird er aber mit einer schönen Französin gesehen, die sich Marquise von Brielle nennt. Jeanne hat es mir berichtet. Sie führt noch immer ihren Mittagtisch, obgleich sie sich einmal schon mit einem Obersten hätte verheiraten können. Sie hätte ihn auch genommen, aber als er sich eines Tags brüstete, in Nantes gewesen zu sein und an den Ertränkungsszenen teilgenommen zu haben, da wollte sie ihn nicht heiraten.

»Man weiß nicht, wie so einer in der Ehe ist!« setzte sie hinzu, und ich musste ihr recht geben.

Ich suche immer noch nach Pierre Renard, und ich finde ihn nicht. In keiner Armeeliste, nirgendwo wird sein Name genannt. Jeanne meint, er sei vielleicht bei Marengo gefallen. Da ihr Mann dort sein Leben gelassen hat, glaubt sie von allen, sie hätten dasselbe Schicksal erlitten.

Sie ist manchmal ein wenig dumm, die kleine Jeanne, und dann wieder sehr klug. Ich könnte sie nicht gut entbehren und freue mich ihrer Gesellschaft. Die anderen Damen sind alle eifersüchtig aufeinander; jede will bei Josephine die erste Rolle spielen, und sie lässt sich auch beeinflussen. Es muss schön sein, eine Kaiserin zu sein und Gnaden austeilen zu können.

* * *

Heute sah ich zum ersten Mal den Vizekönig von Italien wieder. Denselben, mit dem ich, als er Eugen Beauharnais hieß, durch das Paris des eben besiegten Schreckens gegangen bin! Obgleich seitdem zehn Jahre vergangen sind, hatte er die Liebenswürdigkeit, mich zu erkennen und mit mir von alten Zeiten zu sprechen. Ein Thema, das sonst ängstlich vermieden wird. Aber Eugen ist ein vornehmer Mann, und die andern wollen es nur sein. Ihm gegenüber nannte ich auch den Namen Renards als meines Retters aus dem Gefängnis. Schon oft habe ich von ihm gesprochen, aber niemand hat sich den Namen gemerkt. Der Vizekönig aber fragte gleich: »War das der Renard, der mit einigen andern Offizieren so lange im Tempel gefangen gewesen ist?«

»Im Tempel?«

»Ja, wissen Sie nicht, dass mehrere Verschwörungen gegen den ersten Konsul entdeckt worden sind? Die rabiaten Republikaner trachteten ihm nach dem Leben; dafür haben sie natürlich büßen müssen!«

Diese Unterhaltung war auf einem Gartenfest in Malmaison, und ich wandte mich nachher an einen der kaiserlichen Adjutanten, um Auskunft über den Kapitän Renard zu erhalten. Er war sehr liebenswürdig und wollte sich erkundigen, ob der Mann noch im Gefängnis oder schon frei wäre. Dann verlangte die Kaiserin nach mir, und ich musste lange hinter ihr stehen und ihre Klagen über die Unfreundlichkeit der Pariser Kaufleute anhören. Sie geben ihr nicht gern mehr Kredit, und der Kaiser wird manchmal böse, weil sie so viel Geld braucht.

Ich habe Jeanne kommen lassen und sie gebeten, sich nach Renard zu erkundigen. Wenn er wirklich noch im Gefängnis schmachtet, soll er frei werden.

* * *

Er ist nicht mehr da – hat drei Jahre im Gefängnis zugebracht, ist dann entwichen. Peter, Peter, wo steckst du? Hast du deine Kinderfreundschaft ganz vergessen?

1806.

Wir haben in Preußen die Schlacht bei Jena gewonnen, und der Marquis Barival ist ins Hauptquartier des Kaisers berufen worden, um in dem eroberten Lande Kontributionen einzutreiben. Es scheint, dass er dies Geschäft besonders gut versteht. Vorher aber ist er auf einige Tage in Paris und trotz aller Einnahmen in schlechter Stimmung. Gegen mich ist er artig und hat mir von selbst vorgeschlagen, im nächsten Frühjahr nach Deutschland zu reisen, um meinen Sohn zu sehen. Ich wage noch nicht, mich zu freuen; aber ich beginne die Tage zu zählen, die mich vom Frühling trennen. Es sind ihrer leider so viele! Aber ich höre öfters vom kleinen Heribert: Tante Amelie betet jeden Abend mit ihm, und dann empfiehlt mein Sohn mich besonders dem lieben Gott. Ich habe es auch nötig: In diesem bewegten und doch öden Leben denkt man so wenig an die Vergänglichkeit des Daseins.

1807.

Januar. Ich habe das Amt erhalten, der Kaiserin vornehme fremde Damen vorzustellen. Aus allen Ländern kommen sie nach Paris, um den glänzenden französischen Hof kennenzulernen; die Kaiserin, die einstmals im Gefängnis saß und eine arme Witwe war!

Gestern nannte mir der Hofmarschall zwei italienische Herzoginnen, deren Männer unter den Fahnen des Kaisers dienen. Ihre Namen wurden mir auf einem Zettel übergeben, und beide Damen standen schon im Vorzimmer der Kaiserin, als ich kam. Die eine, eine kleine dicke Dame, kam auf mich zu und sagte einige Worte in gebrochenem Französisch; die andere lächelte mich an und zeigte ihre spitzen Zähne. Es war Koralie, Marquise von Brielle, vermählte Herzogin von Tremezzo. Sie war in kostbaren grünen Brokat gekleidet und trug eine königliche Perlenkette.

Das Hofleben hat mich hart gemacht, ich zuckte mit keiner Wimper, sagte den Damen das, was meines Amtes war, und nannte später der Kaiserin mit klarer Stimme die Namen.

Josephine war liebenswürdig, sie ist es jetzt meistens. Die arme Frau! Hat sie doch keinen Sohn, der Napoleons Nachfolger werden könnte! Sie ist schon bei der Lenormand gewesen, um sich sagen zu lassen, wie lange sie noch Kaiserin bleiben würde; die Prophetin aber hat ihr nicht antworten wollen. Also die Kaiserin war sehr artig, fragte beide Damen nach ihren Männern und erkundigte sich bei Koralie, in welchem Teile Frankreichs ihre Familie gewohnt habe.

Die Gefragte nannte die Auvergne – dann glitt sie leicht über diesen heiklen Gegenstand hinweg, sagte der Kaiserin Schmeicheleien und versuchte, die andere Herzogin nicht zu Wort kommen zu lassen. Dann war die Audienz vorüber, und beide Damen konnten sich entfernen. Ich hatte noch andere Damen vorzustellen und nahm mir vor, Koralie zu vergessen. Ich wusste, dass sie immer wieder über mich triumphierte, aber ich war kalt geworden.

Barival war nicht besser als andere Männer, seine Frau war ihm ein notwendiges Dekorationsstück, seine Freuden suchte er anderswo. Nun begriff ich seine üble Laune: Koralie hatte ihn verlassen und sich einen vornehmen Mann genommen, das hatte ihn natürlich geärgert.

Es gab gerade viele Feste bei Hofe und dadurch für alle Damen viel Arbeit. Ein großer Ball sollte stattfinden, zu dem auch die vorgestellten italienischen Damen eine Einladung erhalten hatten, als sich eines Morgens der Zeremonienmeister bei mir melden ließ. Er war aufgeregt und erklärte, dass die Einladung für die Dame, die sich Herzogin von Tremezzo nannte, zurückgenommen werden müsste.

»Sie ist nicht die richtige Herzogin«, berichtete er. »Die rechtmäßige Gemahlin des Herzogs befindet sich im Kloster, und diese Marquise von Brielle ist eine Abenteurerin. Sie ist weder Marquise noch Herzogin; an den Hof meines kaiserlichen Herrn darf ich sie nicht bringen. Sie müssen zu der Dame fahren und ihr die Sache schonend beibringen. Sie muss wegen Krankheit absagen.«

Ich schüttelte den Kopf.

»Ich kann's nicht tun!«

»Warum nicht?«, fragte der Graf, der noch bei Ludwig dem Sechzehnten den Hofdienst gelernt hatte.

»Ersparen Sie mir die Antwort, Graf, ich kann der Dame nicht gut eine so unangenehme Botschaft überbringen!«

Er versank in Nachdenken und küsste mir plötzlich die Hand.

»Dann muss ich selbst den unangenehmen Gang übernehmen, nun, ermorden wird mich die schöne Koralie kaum!«

Wahrscheinlich dämmerte ihm, warum ich nicht zu Koralie wollte; die Männer wissen mehr voneinander als wir Frauen von unsern Mitschwestern. Ich bin gespannt, wie alles enden wird!

* * *

Soweit schrieb ich gestern. Am Abend ließ sich die Herzogin von Tremezzo bei mir melden. Einen Augenblick zögerte ich, dann ließ ich sie in meinen Salon führen.

Es war dasselbe Zimmer, das meinem Onkel als Arbeitszimmer gedient hatte. Seine Möbel waren nicht mehr darin, sie waren der Revolution zum Opfer gefallen, aber ich hatte mich bemüht, dem Gemach eine ähnliche Einrichtung zu geben. Die Ledertapete war ähnlich, wie die einst zerstörte, der Schreibtisch stand an derselben Stelle, und der Teppich hatte dieselbe Farbe.

Ich ließ die »Herzogin« ein wenig warten, dann trat ich ein und bat sie höflich, Platz zu nehmen. Sie war in einen eleganten Pelz gehüllt und trug eine Zobelmütze, die ihr sehr gut stand. Aber sie war aufgeregt.

»Es ist lange her, dass wir uns sahen«, begann sie, »und dass wir uns gerade in dem mir so teuren Hause wiedersehen müssen, bewegt mich!«

Ich dachte an den Augenblick, da sie mich den Schergen überantwortete, da sie nur Hohn und Spott für mich hatte, aber ich erwiderte, dass auch für mich das Haus viele Erinnerungen enthielte.

Dann schwieg ich und sah sie an, da sie mir den Grund ihres Besuches erklären musste.

Er ließ auch nicht auf sich warten.

»Marquise, Sie haben mich der Kaiserin vorgestellt, ich bin zum Ball geladen, und nun wird mir mitgeteilt, dass ich lieber auf dieses Fest verzichten sollte. Wollen Sie mir den Grund sagen?«

»Sie wissen ihn besser als ich!« entgegnete ich höflich.

Ihre Augen begannen zu funkeln.

»Hüten Sie sich, Madame! Wenn Sie mich beleidigen, werde ich Jean Barival zu finden wissen! Er liebt mich noch immer, ich weiß es. Mit Freuden wird er mich wieder aufnehmen!«

»Und der Herzog von Tremezzo?«

Vielleicht lächelte ich ein wenig, denn Koralie fuhr auf und begann zu schimpfen, wie sie einst geschimpft hatte. Es fehlte wenig und sie hätte mich eine Aristo genannt, wie zu alten Zeiten.

Ich saß ihr sehr ruhig gegenüber. Mochte sie schelten und sich brüsten, dass Jeans Liebe ihr immer gehört habe, dass ich eine langweilige Deutsche sei, die keinem Franzosen genügen könne, dass ich durch Lug und Trug in meine jetzige hohe Stellung gekommen wäre: Ihre Worte machten keinen Eindruck auf mich. Es stand nur plötzlich die alte Zeit vor mir auf: Ich dachte an Frau Lenoir, die besser gewesen war als ihre Enkelin, und endlich war es mir, als hörte ich eine lachende Stimme sprechen:

»Nun, kleine Puppe, willst du mich nicht heiraten?« Koralie war gegangen, ich hatte es kaum bemerkt. Ich schalt mit mir selbst, dass ich eine Träumerin geworden war, aber ist es nicht ein Glück für uns, wenn wir einmal träumen können?

Auf dem Hofball sind die zwei italienischen Herzoginnen nicht erschienen, die andere schien auch nicht ganz glaubwürdig zu sein. Der Graf St. Vié winkte mir am Abend lachend zu: Die beiden Damen waren aus Paris über die italienische Grenze verwiesen.

Berlin 1809.

Jetzt regieren wir in Preußen, und der Marquis hat in Berlin zu tun, wohin er mich berufen hat. Seine Gesundheit ist schlecht geworden; niemand aber darf es wissen, vor allem nicht der Kaiser, der sich über seine hohen Beamten immer Bericht erstatten lässt. Napoleon selbst muss eine eiserne Gesundheit haben; eben war er noch in Spanien, nun kämpft er gegen die Österreicher und will fast täglich Nachrichten aus dem eroberten Preußen haben. Die böse Politik! Die französischen Generale, die bei uns verkehren, sagen, ich dürfte mich nicht um Schlachten und Waffenglück bekümmern; der Kaiser ist ein Gott, der die Geschicke der Erde leitet, nur an ihn muss man glauben! Ach, ich will wohl an ihn glauben, aber ich kann doch nachts nicht schlafen, wenn ich an meinen kleinen Heribert denke, der im nächsten Jahre nach Frankreich in die Schule von St. Cyr geschickt werden soll. Er ist dann dreizehn Jahr alt, und Seine Majestät braucht junge Soldaten! Dabei ist mein Junge noch so klein und zart, ein rechtes Kind, das seine Mutter liebt und sich von ihr lieben lässt!

Ich bin fast vierzehn Monate in Plön gewesen, bei den liebsten Menschen, die ich habe. Der Marquis hatte nichts dagegen, da er doch keine bleibende Statt hatte, und ich habe mich eingesponnen in den Frieden der Kleinstadt, in die Buchenwälder, in die weite Fläche der Seen! Draußen in der Welt war Krieg, und sein Grollen kam aus weiter Ferne zu uns – wir konnten ihn aber wieder vergessen und brauchten nicht an ihn zu denken. Es war so friedevoll, dass mein Tagebuch im Koffer liegen blieb; ich hatte nichts zu schreiben. Wie glücklich sind die zwei Menschen miteinander: Tante Amelie mit ihrem Mann! Sie haben keinen anderen Wunsch, als nur sich zu leben und einander die Wünsche vom Auge abzulesen. Dass es solche Ehen gibt! Ich wundere mich, und dann werde ich traurig. – Ob es auch für mich ein solches Glück gegeben hätte, wenn – ja wenn es eben alles anders gekommen wäre? Der alte Herr Fuchs in Plön ist lange verschollen. Niemand weiß mehr von ihm – er soll bei den Emigranten sein Hab und Gut eingebüßt haben und dann an den Rhein gezogen sein. Von seinem Sohne spricht kein Mensch mehr. Ich bin wohl das einzige Wesen, das ihn nicht vergessen hat.

Der Marquis gefällt mir nicht. Er ist müde und verstimmt, aber er zeigt es nur mir; wenn die Herren aus
dem Generalstab kommen, ist er liebenswürdig und an-
geregt. Ebenso gegen die preußischen Herren, die oft erscheinen, weil sie die Kontributionen nicht zahlen können. Wir saugen das Land aus; es muss wohl sein, aber
manche Hand ballt sich heimlich gegen uns, die Eroberer. Aber so ist der Krieg, und die Preußen haben den
kriegerischen Geist verloren, der sie einst unbesiegbar
machte. So wenigstens sprechen die Franzosen, und Barival sagt, der König von Preußen sollte nur wieder
Marquis von Brandenburg werden, das würde das Beste
sein. Nun ja, gegen den Kaiser kann eben niemand!

*   *
*

Dem Marquis geht's besser. Er ist nach Wien berufen
worden, um den Friedensverhandlungen beizuwohnen.
Der Kaiser ehrt ihn durch sein Vertrauen, und diese
Wahrnehmung macht meinen armen Gatten halb gesund! Er will mich nicht mitnehmen; die Wohnung hier
unter den Linden ist gerade behaglich geworden, und er
wünscht hierher zurückzukehren. Ich darf mir meinen
kleinen Heribert kommen lassen und ihm die Stadt und
alle Sehenswürdigkeiten zeigen. Es sind sonnige, milde
Herbsttage, und ich freue mich kindisch, dass Tante
Amelie und ihr Mann den Jungen bringen wollen. Wie
gut und ungestört werden wir es haben und recht von
Herzen froh sein.

*   *
*

Es ist anders gekommen. Als ich zur Post ging, um
meine lieben Reisenden im Triumph abzuholen, stieg

wohl mein Junge aus dem Wagen, aber die ältliche Dame, die ihm folgte, kannte ich nicht eher, als sie mir ihren Namen sagte. Es war Tante Georgine von Ahlefeld, die einen Verwandten in Berlin besuchen wollte und Heribert mitnahm. Tante Amelie war nicht wohl genug zur Reise gewesen, und ihr Mann wollte sie nicht verlassen. Natürlich nicht – wann sind diese zwei jemals getrennt gewesen, seitdem sie den Ehebund schlossen? Eine altmodische Ehe, würde der Marquis sagen. Ich freute mich, Fräulein von Ahlefeld wiederzusehen und ihr Gastfreundschaft anbieten zu können, die sie gern annahm. Sie war stark und unbehilflich geworden, zeigte aber für alles Interesse und versteifte sich im Laufe der Unterhaltung darauf, dass sie es gewesen wäre, die mein Glück gemacht hätte.

»Wissen Sie noch, Ottony, wie der dicke Baron aus Hannover Sie heiraten wollte und Sie ihn beinahe genommen hätten, nur um von mir wegzukommen? Sie waren damals in dem Alter, in dem das Mädchen sich nach einer eigenen Häuslichkeit sehnt. Er war auch so übel nicht, der Neuhof, aber ich ermahnte Sie, sich zu besinnen. Und dann kam jener anziehende kleine Franzose. Leichtes Blut, nicht wahr, aber ein guter Name und doch auch der Mann, der Ihnen bestimmt war. So ist denn alles zu einem guten Ende gekommen, und Sie sind eine große Dame geworden. Bei Baron Neuhof ist nicht alles nach Wunsch gegangen: Die zweite Frau lief ihm davon. Sie verlangte zu viel, wie ich gehört habe.«

So plauderte die alte Dame, mischte Wahrheit und Dichtung durcheinander und glaubte selbst an das, was sie sagte. Zufällig wusste ich, dass die Frau des dicken

Barons nicht damit einverstanden gewesen war, die Herrschaft im Hause mit einer drallen Magd zu teilen, und daher das Feld räumte. Sie wohnte jetzt in Plön, und Onkel Treusch hatte mir in seiner zögernden Art die Geschichte erzählt. Aber ich antwortete nichts; was die gute Tante Georgine sich einmal in den Kopf gesetzt hat, ist nicht mehr herauszubringen. Sie war übrigens eine gute Gesellschaft, bewunderte unseren Kaiser über alle Maßen, und lächelte über die Preußen, die sich schwer an die französische Oberhoheit gewöhnen.

Das Königspaar soll sehr unter der Abhängigkeit vom Kaiser leiden. Tante Georgine weiß, dass die Königin Luise leidend sein soll. Aber sie gibt Bälle in Königsberg, tanzt viel und schön. Im Winter werde ich sie wohl kennenlernen, da die Herrschaften wieder nach Berlin kommen wollen. An ihrer Stelle würde ich in Königsberg bleiben.

Januar 1810.

Ich bin wieder in Paris. Ein Kurier brachte mir den Befehl meines Mannes, Heribert selbst nach Frankreich zu geleiten. Außerdem bereiten sich Veränderungen im kaiserlichen Haushalt vor, die ich mitzumachen habe. Der Kaiser wird sich scheiden lassen und eine Fürstin von Geblüt heiraten. Die arme Josephine scheint ihr Schicksal zu ahnen, obgleich ihr niemand eine Andeutung zu machen wagt. Aber sie unterlässt nicht, sich Berge von schönen Kleidern und Spitzen auf Kredit zu kaufen. Marie Antoinette hat nicht so viel gebraucht wie sie. Aber König Ludwig eroberte und brandschatzte auch nicht so viele Länder.

Es ist still in meinem großen Hause; die Dienerschaft kommt erst allmählich wieder zusammen. Ich hatte der guten Jeanne Didier die Überwachung anvertraut, und sie hat sich der Aufgabe sehr gut entledigt. Noch immer hat sie einen Mittagstisch von Offizieren und Beamten, und sie weiß viel von Politik und Heeresaufgaben. Es scheint, dass manche Generale nicht mehr einverstanden mit dem Kaiser sind, trotz seiner Siege. Er braucht auch viele Menschen, und es war mir bitter, meinen Jungen in die Offiziersschule zu St. Cyr zu bringen. Heribert ist noch ein Kind, ein Junge, der jubelnd durch die großen Baumreihen des Gartens läuft, und für den das Leben nur voll Sonnenschein und vielen guten Tagen ist. Ach, wird die Sonne ihm wirklich immer scheinen? Die Zeiten werden ernsthaft; aber in Paris ist niemand ernst. Von den Heeren kommt eine Siegesbotschaft nach der anderen; und wenn in Spanien nicht alles geht, wie es gehen soll, so wird dies Land sich der Franzosen doch nicht erwehren können.

Frau Vallier sitzt noch in ihrem Laden, verkauft Bänder und Spitzen und freut sich ihres Lebens. Wenn sie den Namen Napoleon ausspricht, dann weint sie vor Stolz und Rührung. Die Duplays sind auch noch da, aber wenn ein kaiserlicher Wagen an ihrem Hause vorüberfährt, dann kehren sie ihm den Rücken. Ein Bild von Robespierre steht bekränzt vor Leonorens Bett: Sie soll jeden Morgen davor knien.

»Die wissen nicht mit der Zeit fortzuschreiten!«, sagt Frau Vallier achselzuckend, und ich möchte ihr erwidern, dass sie doch treu sind. Aber ich kenne ihre Antwort? »Treue? Was ist das? Man muss vernünftig sein!«

Die arme Josephine muss auch vernünftig sein. Der Papst wird ihre Ehe mit dem Kaiser scheiden, und dann wird Napoleon eine österreichische Erzherzogin, eine Nichte von der »Witwe Capet« heiraten. Als ich der Vallier diese Verwandtschaft klarzumachen versuche, lacht sie nur.

»Madame, damals waren doch ganz andere Zeiten! Damals war Frankreich arm und unglücklich, jetzt ist's reich und glücklich. Daran wird die neue Österreicherin auch nichts ändern!«

Wir Ehrendamen haben Abschied von Josephine genommen. Es war in Malmaison und sehr rührend, aber der Kaiser hatte befohlen, dass wir nur kurz bleiben durften.

Nächstens wird die feierliche Trauung des Kaisers mit Marie Louise sein. Ich habe abgelehnt, bei ihr in Dienst zu treten, sie hat genug Damen, da die vornehmsten Frauen des alten und neuen Adels sich zu den Stellen drängen; aber mein Gesuch um Entlassung ist nicht bewilligt worden, und mein Gatte, der noch in Österreich ist, schrieb mir einen scharfen Brief, der mich ermahnte, mein Glück nicht mit Füßen zu treten.

Ist es ein Glück, an diesem so veränderlichen Hofe zu dienen? Ich weiß es nicht, aber ich wage nicht, ungehorsam zu sein. Mein Junge, der mich alle Monate besuchen darf, berichtet, dass schon jüngere Knaben als er zur Armee geschickt werden. Besonders, wenn ihre Väter den Kaiser geärgert haben. Nein, ich will Napoleon nicht ärgern; ich will seinen Befehlen gehorchen.

Mein kleiner Heribert wird bald nicht mehr klein genannt werden können. Er hat sich in die Höhe gereckt und ist allerliebst in seiner Uniform. Dabei ist er ein so gutes Kind: liebenswürdig gegen alle Menschen und sehr gut zu seiner Mutter. Er ist der einzige, dem ich von alten Zeiten erzählen kann, und der nachdenklich mit mir durch die Räume des Hauses geht. Von Marie Antoinette muss ich ihm berichten und der schönen Prinzessin Lamballe, vom Gefängnis und von dem treuen Freunde, der mich rettete.

»Du weißt nicht, wo Pierre Renard ist, und hast ihm nie deine Dankbarkeit bezeigt?«

»Ich wollte gern, mein Kind, aber die Umstände hinderten mich!«

Darüber wundert sich Heribert.

»Man muss doch dankbar sein!« wiederholt er und streicht über seine Oberlippe, als sprosste dort ein Bärtchen. Es kommt aber noch keins, und er runzelt die Stirn, als er mich lächeln steht.

Er ist ein Kind, mein Heribert, und mein Augentrost. Er hat alle guten Eigenschaften seines Vaters und hoffentlich keine seiner schlechten.

Der Marquis wird übrigens zur Trauung des Kaisers erwartet. Ich bin gespannt, wie er sich befindet. In den letzten Briefen klagte er nicht über seine Gesundheit.

1811.

Wir haben den König von Rom getauft, und der Marquis ist nach Hamburg geschickt worden, um dort seine ihm angenehme Beschäftigung, Eintreibung von Kontributionen, aufzunehmen. Als ich ihm meine Begleitung anbot, lehnte er sie in seiner höflichsten Art ab.

»Ich will Sie nicht von Ihrem Sohne trennen, Madame!«

Ich freute mich, ich will's nicht leugnen, und Jean Barival lächelte mit einem Anflug von Melancholie.

»Sehen Sie, Madame, dass ich Ihre Gedanken und Wünsche erraten habe?«

»Marquis,« ich konnte gleichfalls ein Lächeln nicht unterdrücken, »ich weiß, dass Sie sich besser ohne mich unterhalten.«

»Meinen Sie?« Er sah mit seinen noch immer schönen Augen vor sich hin. »Allerdings, ich bin nicht für das Kleinbürgerliche, und Sie, Madame, können sich von diesem nicht trennen.«

»Würden Sie es lieben, wenn ich Liebhaber hätte?«, erkundigte ich mich, nicht ohne Schärfe, und mein Gatte hob die Schultern.

»Mein Gott, Sie sind immer so gerade aus wie eine Bürgersfrau – aber, wir ändern uns eben beide nicht mehr!«

Nein, wir ändern uns nicht mehr – Es ist mir bald darauf mitgeteilt worden, dass die Marquise von Brielle in Hamburg wohnt, und kein Geringerer als der Kaiser sagte es mir: »Madame, Ihr Mann sollte diese Dummheiten lassen. Er ist ein guter Beamter und weiß seine Stellung auszufüllen, aber nachgerade wird er zu alt für diese Art von Liebschaften!«

Es war in Gegenwart von Marie Louise, dass der Kaiser mir diese Worte sagte, und ich hörte sie schweigend und mit der Ehrerbietung an, die Seine Majestät beansprucht.

Als er das Zimmer verlassen hatte, schlug die Kaiserin mich leicht auf die Schulter: »Machens nit so traurige Augen, Marquise, die Männer taugen alle nix!«

Sie spricht gern einmal mit mir Deutsch, das Französische macht ihr kein Vergnügen. Sie ist eine gute Frau, sehr unbedeutend und gleichgültig. Aber sie ist eine Fürstin von Geblüt, und der Kaiser behandelt sie immer sehr artig.

1812.

Tante Amelie ist gestorben. Ihr Mann hat's mir heute angezeigt. Ich bin sehr traurig, nun habe ich nur meinen Jungen, der mich liebt. Und er wird nächstens zur Armee gehen müssen. Wir wollen Russland erobern, und die Soldaten freuen sich auf den Feldzug. Auch mein Junge, der der festen Überzeugung ist, dass der Kaiser alles kann, auch das große, kalte Reich erobern. Der Marquis, der kürzlich hier war, glaubt dasselbe. Er hat jetzt einen Posten am Rhein erhalten; in Hamburg ist er noch nicht scharf genug gewesen, wie er mir berichtete. Jeanne hingegen, die ich noch öfters sehe, hat mir anvertraut, dass die Marquise von Brielle das Nebelklima nicht vertragen konnte und eine wärmere Luft wünscht.

Jeanne weiß viele Geschichten. Noch immer hat sie ihren Mittagtisch, und die Offiziere machen sie zu ihrer Vertrauten. Noch immer könnte sie heiraten, falls sie Lust dazu hätte, aber sie kann sich nicht entschließen.

»Lieber will ich, dass meine Claire mal einen guten Mann kriegt und ich ihr die Mitgift anständig ausrichten kann!«

Dann stecken wir zwei Mütter die Köpfe zusammen und schwatzen über unsere Kinder. Ich habe Heribert malen lassen. Ein kleines Miniaturbild, das nur seinen dunklen Kopf zeigt, seine sprechenden Augen. Und weil Jeanne in helles Entzücken beim Anblick des Bildes ausbrach, habe ich ihr den Maler geschickt, damit Claire auch gemalt werde. Sie ist ein gutes Kind mit sanftem, unbedeutendem Gesicht und wird nächstens ins Kloster geschickt werden, um noch etwas zu lernen. Heribert interessiert sich ein wenig für sie, macht ihr den Hof, wenn er sie sieht, und lügt ihr allerhand vor. Das klingt alles sehr possierlich; aber manchmal macht mich die Ähnlichkeit mit seinem Vater ein wenig besorgt. Ich hoffe, dass er nur die guten Eigenschaften hat!

Diese letzte Nacht träumte mir so deutlich von Tante Amelie. Sie sah mich mit ihren guten Augen an und sagte in leiser Klage: »Wie schnell hast du mich vergessen, Ottony!« Ach, ich vergaß sie nicht, wenig Stunden am Tage gehen hin, dass ich ihrer nicht gedenke und um sie trauere. Aber das Leben erfordert so viel, die Zeit zum Nachdenken wird immer kürzer. Jeanne sagt auch, dass man nicht viel nachdenken soll!

August 1812.

Heute ist mein Kind mit einem der Garderegimenter zur Armee in Russland gegangen.

5. Mai 1814. Paris.

Seitdem mein Sohn vor Moskau gefallen ist, habe ich dies Haus wenig verlassen. Ich habe die Armen besucht, habe gebetet und nachgedacht. Das letztere zu tun, hatte ich fast verlernt – jetzt kam die Zeit des Rückwärtsblickens, der Auflehnung gegen Gottes Willen, das Sichbeugen unter seine starke Hand.

Mein Kind hat nur kurz in dieser Welt bleiben dürfen, es war wohl gut so – sagt man nicht, dass Gott die jung sterben lässt, die er am meisten liebt? Aber ich kann nicht darüber schreiben – ich bin auch nicht die einzige Mutter, die weint.

Gestern zog Ludwig der Achtzehnte in Paris ein, der Bruder des Märtyrerkönigs, ein dicker Mann mit kalten Augen. Neben ihm saß Marie Therese, die einstige Madame Royale, jetzige Herzogin von Angoulême.

Als der von sechs weißen Pferden gezogene Wagen die Rampe zu den Tuilerien hinauffuhr und dort hielt, traten zweihundert weißgekleidete Frauen aus dem Schloss. Sie trugen Lilien in den Händen, knieten nieder und baten: »Tochter Ludwigs des Sechzehnten, segne uns!«

Das stolze Gesicht der Herzogin wurde schneeweiß; dann nahm sie sich mit einem Ruck zusammen und streckte mit stolzer Gebärde die Hände über uns aus.

Danach hatte mein Gemahl die hohe Ehre, die Fürstin mit einer kurzen Ansprache zu begrüßen. Er entledigte sich seiner Aufgabe mit großem Geschick. Der König nickte ihm huldvoll zu und zog ihn nachher lange ins Gespräch.

Wir sind wieder Bourbonen geworden, wie man an diesem merken kann, und wir verachten den korsischen Eroberer, der nach Elba gebracht ist. Seine Zeit ist vorüber, eine andere bricht an. Wird sie lange bleiben? Meine Freundin Jeanne behauptet, dass Napoleon wiederkehren wird; ihre Offiziere sagen es, und wenn diese auch immer andere sind, so hat sie doch Fühlung mit der Armee.

Dem Marquis Barival habe ich Jeannes Ansicht nicht vorenthalten. Er zuckt die Achseln und lächelt über Altweibergeschwätz. Aber ich weiß, dass er selbst nicht ganz sicher ist. Er wird vielleicht seine Maßregeln treffen, den Mantel hängt er immer nach dem Winde. Er ist alt geworden und oft sehr müde. Seit meines Kindes Tod sahen wir uns nicht, und er bat mich in seinem Anmeldebrief, nicht von Heribert bei unserem Wiedersehen zu sprechen. Diesem Wunsch bin ich gern nachgekommen, das Andenken meines Sohnes ist mir heilig, und die Lippen seines Vaters sind es nicht.

Also haben wir nur von den veränderten Verhältnissen in Frankreich geredet und davon, dass Heribert immer ein guter Royalist gewesen ist. Nur um Frankreich nicht zu verlassen, diente er dem Emporkömmling. So sprachen wir, und ich erhielt meine Befehle für die Ovation der Herzogin von Angoulême. Wie ich dann aber das Zimmer verließ, um einige Anordnungen zu geben, und später leise wieder eintrat, saß mein Mann vor dem Miniaturbilde meines Sohnes, hielt es in der Hand und küsste es. Er bemerkte mich nicht, und ich zog mich ebenso leise zurück, wie ich eingetreten war.

Also er hat ihn doch auch geliebt, und vielleicht wollte er es Koralie nicht zeigen. Sie soll noch immer in derselben Stadt wohnen, in die er versetzt wird. Vielleicht ist sie jetzt in Paris.

Ach, ich schäme mich, aber die Frau ist mir gleichgültig geworden. Sie ist mein böser Geist gewesen, sie wird es bleiben, bis ich sterbe, aber sie hat keine Macht mehr über mich. Denn meine Liebe zu meinem Mann ist langsam gestorben.

1816, Plön.

Die letzten Worte meines Tagebuches schrieb ich vor zwei Jahren, und dann ereignete sich so viel, dass ich niemals Ruhe fand, die Feder in die Hand zu nehmen. Jetzt aber kommt es über mich wie ein langsames Verlöschen. Mit dem Rest meines kleinen Vermögens erstand ich ein bescheidenes Häuschen hier am See, und ich denke ans Ende.

Onkel Ferdinand ermahnt mich, nicht immer zu grübeln, sondern mich zu beschäftigen; also will ich auch mein altes Tagebuch hervorholen und von dem schreiben, was ich erlebte. Es war nach den hundert Tagen. Napoleon kam und verbreitete Schrecken in Paris. Der König floh mit seinem Hofstaat, und Barival begleitete ihn. Er klagte wieder über seine Gesundheit, wollte aber keinesfalls dem korsischen Eroberer begegnen. Ich dagegen blieb ruhig in meinem Hause. Mir tat niemand etwas – wer hatte damals Zeit, sich um unbedeutende Persönlichkeiten zu bekümmern?

Dann kehrte der König zurück; mein Mann aber war nicht bei ihm. Ich machte mir keine große Sorge. Er ging ja immer seine eigenen Wege. Aber dann kam Jeanne zu mir und wollte erfahren haben, dass er krank wäre, in einem kleinen Orte der Schweiz. Sie hatte ja immer so viele Verbindungen, und seitdem ihre Claire einen Offizier geheiratet hatte, wusste sie noch mehr als sonst.

»Er soll ganz allein sein!« setzte sie hinzu, und ich begab mich gleich in die Tuilerien, um Näheres zu erfahren.

Aber die Bourbonen waren noch alle krank von dem Schrecken, den ihnen Napoleon eingeflößt hatte, und nur die Herzogin von Angoulême gewährte mir eine kurze Audienz. Aber sie sprach nur von den Enttäuschungen, die ihr Frankreich bereitet hatte; als ich von dem Marquis sprach, lächelte sie in ihrer kalten Art.

»Soviel ich weiß, ging es ihm gut. Es war alles Mögliche, dass er nicht, wie so viele, zum Usurpator überging; wir sind es gewohnt, dass man uns verrät.«

Ich stand in ehrerbietiger Haltung vor ihr und erwartete das Wort der Entlassung, als die Tochter Marie Antoinettens plötzlich aufstand und mich am Arm fasste. »Marquise«, rief sie mit erstickter Stimme, »ich weiß, dass Sie mich unliebenswürdig schelten, und ich weiß, dass ich es bin, aber ich kann nicht vergessen! Ich kann es nicht!« Und sie wies mit der Hand nach dem Platz, den sie von ihrem Fenster sehen konnte, und auf dem ihre Eltern gestorben waren.

Ja, es ist schwer zu vergessen. Der alte Duplay kann es auch nicht. Als ich ihn zuletzt sah, stand er in seiner Haustür und drohte hinter einem königlichen Hofwagen her, der, reich aufgeschirrt, an ihm vorüberfuhr. Er

träumt noch immer von der Republik, und dass sie wiederkehren muss, weil sie für sein Vaterland das Beste ist.
Und in einem Gemach seines Hauses steht das Bild von
Robespierre, und Lenore betet es an. Die ganze Straße St.
Honoré kennt die immer in Schwarz gehüllte Gestalt
und ihre Geschichte. Niemand lacht über sie; wer lacht
auch über das Festhalten an dem, das wir liebten und an
das wir glaubten?

Mit diesen Gedanken bin ich in die Schweiz gefahren.
Jeanne begleitete mich. Ihre Tochter wohnt augenblicklich in Lausanne, und es war mir eine Erleichterung,
nicht allein auf eine Kammerjungfer angewiesen zu sein,
deren Schatz bei Quatrebas gefallen war, und die den
ganzen Tag weinte. Ich verdachte ihr nicht die Tränen;
aber, da ich wusste, dass sie schon an einen anderen
Sergeanten geschrieben hatte, um sich mit ihm zu verlo-
ben, so war ich nicht so milde, wie ich hätte sein müssen.
Denn wir bedürfen alle der Milde. Als ich am Kranken-
bett meines Mannes stand, den ich endlich in einem
kleinen Vorort von Genf fand, da überkam mich die
Reue. Ich hatte ihn nicht genug geliebt, ich hatte ihn seine eigenen Wege gehen lassen – war es recht von mir
gehandelt?

Wir haben niemals erfahren, wie der Marquis, schwerkrank, hierhergekommen war. Irgendein Herr hatte ihn
gebracht, als er bewusstlos war, und hatte Geld für ihn
da gelassen. Nicht sehr viel, die Wirtsleute waren schon
unfreundlich und sprachen vom Armenasyl!

Sobald es ging, reisten wir mit dem Kranken nach Paris. Er war manchmal bei Besinnung und kannte mich,
aber man konnte ihn nichts fragen; dann begann er, zu

weinen. Was war mit dem einst so schönen, stolzen, erfolgreichen Jean de Barival vorgegangen? Ich erfuhr es niemals. In diesen Tagen der Unruhe, des Zusammenbruchs so vieler Geschicke bedeutete das Schicksal eines Einzelnen nichts. Jeanne sprach allerdings ihre Gedanken aus:

»Da wird schon die Mamsell Koralie dahinter stecken, Madame! Der Marquis ist ihr langweilig geworden, und sie hat sich nach was anderem umgesehen.«

Ich erwiderte nichts auf diese Worte, aber als wir in Paris anlangten und die Gläubiger von allen Seiten mich bedrängten, wusste ich jedenfalls, dass Koralie sich getreu geblieben war. Unglaubliche Rechnungen von Juwelieren und Schneidern wurden mir vorgelegt. Ob der Marquis wirklich alle Perlenschnüre und Diamanten gekauft hatte, die ich bezahlen sollte, erschien mir zweifelhaft. Außerdem musste er in den letzten Jahren stark gespielt und immer verloren haben. Die Banken, denen er seine in den eroberten Ländern zusammengescharrten Gelder zugeschickt hatte, bewiesen, dass er seine Kapitalien allmählich wieder an sich genommen hatte. Wie gewonnen, so zerronnen. Als ich die kostbare Einrichtung meines Hauses unter den Hammer bringen ließ, dachte ich an dies Wort. Endlich musste ich mein Haus verkaufen und auch die zwei Güter, die noch von meinem Onkel stammten, deren Erträgnisse aber in den letzten Jahren so schlecht gewesen waren, dass ein Makler sie mir nur unter Seufzen abnahm.

Es war eine wunderliche Zeit. Bei meinem armen Mann stellten sich die Vorboten einer Gehirnlähmung ein: Er zeigte wenig Teilnahme mehr und ließ sich ruhig aus dem großen, vornehmen Hause in ein kleines Quartier der Rue St. Honoré bringen. In dasselbe Häuschen, in dem unten meine gute Vallier noch immer ihren Laden hatte. Sie war eine der wenigen, die mir in diesen Tagen in rührender Treue beistanden. Sie und Jeanne blieben immer dieselben für mich, während alle die Menschen, die mich in meiner Glanzzeit gekannt hatten, wohl Worte der Teilnahme für mich hatten, aber dann doch lebhaft bedauerten, gerade in diesen schweren Zeiten nichts für mich tun zu können. Ich freute mich, dass sie's nicht taten. Es war still und heimlich in den drei Zimmern über Frau Vallier. Hinten im Hof standen einige grüne Bäume, und mein armer Kranker lag stundenlang und sah in ihr Laubwerk. Er hatte sein junges, ein wenig spöttisches Gesicht wiederbekommen, und wer ihn so liegen sah, musste ihn für gesund halten. Wenn ich meine kleinen Besorgungen machte, saß entweder Jeanne neben ihm oder Mutter Vallier stahl sich die Zeit, um mir die Pflege zu erleichtern. Und eines Tages stand eine schwarz gekleidete Gestalt in meinem Zimmer, deren Augen mich ernsthaft anblickten.

»Sehen Sie, Bürgerin, nun merken auch Sie, wie schwer das Leben sein kann! Aber ich will vergessen, dass Sie mich einst betrogen – ich will Ihnen bei der Pflege helfen!«

Ich ergriff ihre Hand.

»Lenore Duplay, ich betrog Sie nur, weil mich die Not dazu zwang. Würden Sie auch nicht betrogen haben, um Ihr Leben zu retten?«

Sie schüttelte den Kopf.

»Das Leben ist zu armselig, um es durch Lügen festzu-halten!«

Dann wandte sie die Augen auf meinen Kranken.

»Auch ihm wäre es besser gewesen, in seiner Jugend zu sterben. Was hat er von seinem langen Leben gehabt? Wird jemand um ihn weinen, wenn er jetzt scheidet?«

»Ich werde es tun!«, erwiderte ich. »Er ist mein Gatte, und ich habe ihm Treue gelobt.«

»Und Sie sind ihm nie, auch nicht in Gedanken, untreu gewesen?«

»Vielleicht nicht,« entgegnete ich müde. »Jedenfalls wusste er, dass ich immer für ihn da war, wenn er mich wollte.«

»Aber er wollte nicht! Ah, diese Aristos! Und meinen Robespierre haben sie hingerichtet!«

Ich widersprach ihr nicht. Ich war ihr dankbar, dass sie zu mir kam, dass sie Teilnahme hatte. Denn die hatte sie, und sie stand nach einigen Wochen neben mir, als mein armer Jean seine Augen weit öffnete und in klagendem Tone meinen Namen rief:

»Ottony!«

Ich beugte mich über ihn. »Hier bin ich!«

»Du bist mir doch nicht böse?« Er fragte in demselben Ton wie in den Zeiten seiner Jugend, wenn er mich neckte.

Ich legte meine Wange an die seine.

»Ich zürne dir nicht, armer Jean!«

»Armer Jean!« Leise sprach er das Wort nach und sagte nichts mehr. Aber als seine Seele entflohen war, lächelte sein müder Mund. –

Dann ging ich bald nach Deutschland. Paris war mir nichts mehr, und vielleicht auch war ich zu hochmütig, um in Niedrigkeit in derselben Stadt zu leben, die einst meinen Glanz gekannt hatte. Ein kleines Vermögen holte mein Sachverwalter aus dem Zusammenbruch heraus, und dann bin ich zu Schiff denselben Weg gereist wie einst, da ich jung war und da die Welt vor mir lag.

Es ist gut, einen Platz in der Welt zu haben, an den man immer gehen kann. Einst lachte ich über das kleine verschlafene Städtchen zwischen Landseen und Buchenwäldern. Es kam der Tag, an dem ich aufatmete, als ich wieder über seine holprigen Gassen gehen konnte. Die Menschen hatten sich kaum verändert; noch immer hielt der gute Herzog sein Höfchen, und der Kammerherr Treusch diente ihm. Aber Onkel Ferdinand hatte schneeweiße Haare bekommen, und als er mich sah, zitterten seine Lippen.

»Das Leben ist schrecklich, wenn man einsam ist!«, sagte er leise. Ja, es war traurig, ohne Tante Amelie weiterleben zu sollen. Auch ich empfand die trostlose Einsamkeit, als ich mit dem armen Kammerherrn in seine öde Wohnung ging. Der Nähtisch meiner Tante stand noch, wie sie ihn verlassen hatte, auf dem kleinen Bord daneben lagen einige Bücher. Eins davon war der Thomas a Kempis in französischer Sprache und mit dem Wappen von Savoyen geschmückt. Es war das Geschenk der Prinzessin Lamballe an mich, als sie zu ihren Mördern ging. Jung, wie ich damals war, hatte ich dies Buch halbwegs verloren; Tante Amelie hatte es für mich bewahrt.

Nachdenklich schlug ich die vergilbten Blätter auf; in den Gedanken an die Schicksale anderer wurde meine Seele still.

Denselben Nachmittag besuchte mich Fräulein von Ahlefeld. Sie war noch rüstig, weinte, als sie von ihrer verstorbenen Freundin sprach, und lachte gleich über irgendeinen dummen Witz des Herzogs.

»Man muss vergnügt bleiben!«, sagte sie halb entschuldigend, als sie die hochgezogenen Augenbrauen des armen Kammerherrn sah. »So lang' ich lebe, will ich mich der Stunden freuen, die mir Gott noch gibt. Einige Menschen nennen uns Klosterdamen überflüssig, weil wir nicht geheiratet und keine Kinder in die Welt gesetzt haben. Wir alten Jungfern aber dürfen helfen, wo's zu helfen gibt, und Freude bereiten, wo sonst keine zu finden ist!«

Sie sagte noch mehr gute und verständige Worte, und ich hörte ihr aufmerksam zu. Sie hat recht – solange Gott uns nicht von der Erde nimmt, so lange müssen wir streben, seinem Willen zu leben.

Mit Tante Georginens Hilfe kaufte ich mir ein Häuschen, das billig zu haben war, und dann versuchte ich, nicht immer allein zu sein und nicht immer zu grübeln. Schwer ist's, aber es ist hier gerade eine Witwe gestorben, deren Mann im Feldzuge blieb, und die zwei noch junge Kinder hinterlässt. Ich habe sie vorläufig ins Haus genommen, und sie lachen und jubeln den ganzen Tag. Dem armen Kammerherrn ist's beinah' zu viel, er mag

keine lustigen Menschen sehen,' aber er hat sich ange-
wöhnt, sein Mittagsmahl bei mir zu nehmen, wenn er
nicht Dienst beim Herzog hat. Und eigentlich hat er nie
Dienst – ein jüngerer Herr, der lustige Geschichten zu
erzählen weiß und gänzlich verarmt ist, hat sich an den
guten Herzog gedrängt und wird von ihm gern gesehen.
So muss der Alte dem Jungen wohl Platz machen. Herr
von Treusch tut's nicht gern. Es war seine einzige Abwechslung, dieser kleine Dienst beim Herzog, und ich
habe die Empfindung, dass er tief unglücklich geworden
wäre, wenn er nicht mein kleines Häuschen hätte, in das
er sich flüchten und mit dessen Herrin er von seiner geliebten Verstorbenen sprechen kann. Also bin ich nicht
ganz unnütz auf der Welt. Die zwei kleinen Mädchen
rufen mich schon Mutter! Tante Georgine wird hoffentlich bald mit mir zufrieden sein!

* * *

Gleichmäßig gleiten die Tage dahin; es gibt wenig
Menschen, mit denen ich verkehren möchte, die meisten
sprechen nur von ihrem eigenen Befinden, ihren Angelegenheiten, oder sie klatschen über- und miteinander.
Beim Herzog zu sein, ist nicht leicht, er will Witze erzählt haben oder selbst welche machen. Manchmal
überkommt mich eine grenzenlose Sehnsucht – bin ich
denn noch so jung, dass ich mich nicht bescheiden kann?

Heute kam eine dringende Einladung von Fräulein
Ahlefeld aus Itzehoe. »Sie müssen kommen, Ottony«,
schreibt sie. »Mein Vetter von Qualen fährt nächste Wochen mit seinem Wagen durch Plön und will Sie mitnehmen. Es soll hier drei Teegesellschaften und ein sol-

ennes Mittagessen bei der Priorin geben, wozu Sie selbstverständlich geladen sind. Lassen Sie den Herrn Onkel und die zwei Waisen, von denen ich schon gehört habe, auf etliche Tage allein. Sie haben ein gutes Dienstmädchen. Den Bälgern wird schon nichts arrivieren und dem Kammerherrn auch nicht. Kommen Sie und sehen einmal andere Environs!«

Es ist lächerlich; aber ich empfinde Neigung zu dieser Reise. Meine Magd ist wirklich gut; ich kann Zilchen und Mimichen ihr gut auf einige Zeit überlassen; Baron Falkner, Onkels Rival, hat den Arm gebrochen und kann keinen Dienst tun, also hat der gute Herr von Treusch Dienst bei Hofe. Den Herrn von Qualen kenne ich außerdem ein wenig; er ist zur Zeit des Kaiserreichs in Paris gewesen und hat mich aufgesucht. Also kann ich mit ihm von Dingen reden, die hier keinen Menschen interessieren.

Mehrere Wochen später.

Wieder sitze ich in meinem Häuschen, und im Nebenzimmer kreischen meine Pflegekinder. Sie wollen mich nicht weglassen, weil ich ihnen Geschichten erzähle, aber meinem guten Tagebuch muss ich doch gleichfalls eine Geschichte berichten. Denn sie gehört noch zu den vielen Seiten, die ich schon ausgefüllt habe. Wer überhaupt wird diese Blätter lesen? Herr von Treusch sagt, dass ich sie der Schlossbibliothek vermachen soll. Dann muss ich wohl für ihre Vollständigkeit sorgen.

Also Herr von Qualen hat mich in seiner großen Kalesche abgeholt, und wir sind zu dritt in einen wunderschönen Herbsttag hineingefahren. Einen Pastor hatte der Gastgeber mitgenommen, einen älteren Mann, der nicht viel sagte und meistens in seinem Neuen Testament las. Wir sprachen mancherlei: von Napoleon, von Ludwig dem Achtzehnten, von Dingen, die mich beinahe aufregten, während Herr von Qualen seine Pfeife rauchte und behaglich von den Dingen redete, als hätte er sie nur gelesen. Aber sein Urteil war klar und vernünftig, für ihn waren die Ereignisse der letzten Jahrzehnte nichts anderes als Schaustücke. Daher vermochte er sie so gut zu beurteilen.

Nach langer Fahrt kamen wir gegen Abend in ein kleines Nest, das Kellinghusen hieß. Hier sollten die vier Pferde Ruhe haben, und wir wollten in dem Wirtshaus übernachten, dessen Namen der Kutscher kannte.

Es war kein einladendes Haus, das ziemlich abseits vom Orte lag, vor dem wir haltmachten. Aber Herr von Qualen lachte nur, als ich sagte, hier schienen unangenehme Leute zu wohnen. Auf Reisen müsse man fürlieb nehmen, sagte er, und darin hatte er recht. Aber als ihn der dienernde Wirt in eine düstere Gaststube führte, die schmutzig und unaufgeräumt war, fragte er herrisch nach der Wirtin. Eine dicke Frau erschien, die gleichmütig die Schultern hob. Wenn die Herrschaften nicht zufrieden wären, könnten sie ja weiterfahren. Das wollten wir aber nicht, und während die Herren eine stickige Stube betrachteten, in deren Wand ein Riesenbett eingelassen war, und ich energisch erklärt hatte, nicht mit den zwei Männern ein Zimmer teilen zu wollen, schlurfte die Frau mit mir über eine gebrechliche Treppe nach oben. In der Dunkelheit musste ich stehen bleiben, während sie eine Tür öffnete, aus der lebhaftes Sprechen erklang. Zuerst achtete ich nicht auf die Laute, dann hob ich den Kopf. Wurde hier Französisch gesprochen? Unwillkürlich trat ich näher und sah in eine elende Mansarde, wo ein Bett stand mit einer Frau darin.

»Ich will nicht aufstehen!«, rief die scharfe französische Stimme. »Wo ist der Graf, dass er Sie mit der Reitpeitsche schlägt! Dies ist mein Eigentum, und ich bin die Marquise von Brielle. Der Herzog von Tremezzo wird sehr zornig werden, wenn man mich schlecht bedient!«

Ich stand schon neben dem schmutzigen Bett und sah in ein verschwollenes rotes Gesicht, aus dem wirr entzündete Augen blickten.

Die Wirtin achtete nicht auf das Schelten der Kranken. Sie fasste sie bei den Armen und wollte sie aus den Kissen ziehen, wogegen sie sich heftig sträubte.

»Lassen Sie die Kranke doch in Ruhe!«, rief ich, aber die Wirtin, der mein Hochdeutsch wohl verständlich war, zog die arme Koralie vollends aus dem Bett und warf sie auf den nackten Boden.

»Die bleibt ja doch tot«, sagte sie in mühsamem Hochdeutsch. »Hab' kein ander Bett!« setzte sie hinzu.

Im ersten Augenblick wandte ich mich zur Flucht. Noch nie hatte ich die Blattern gesehen, aber viel von ihnen gehört. Dies geschwollene Gesicht, diese Pusteln – mich überkam ein Schauder. Aber dann blieb ich doch stehen und deutete der Wirtin durch Zeichen an, dass sie die Kranke wieder auf ihr Lager betten sollte. Aber sie verstand mich nicht oder wollte es nicht. Auf dem Fußboden, von dem qualmenden Talglicht beleuchtet, kauerte das, was von der schönen Koralie übrig geblieben war.

»Sterben muss sie doch!«, versicherte die Frau wieder und gab der Kranken, die wieder in das Bett kriechen wollte, einen Stoß, dass sie aufschrie und zu schelten begann. Es waren immer dieselben Worte. Sie wäre die Marquise von Brielle, und der Herzog von Tremezzo würde alle bestrafen, die sich unfreundlich gegen sie benähmen.

Ich stand wieder in der Gaststube, wo die zwei Herren verdrießlich auf ihr Abendbrot warteten. Das Haus gefiel ihnen schlecht, aber es war kein anderes in der Nähe, und die Pferde mussten Ruhe haben.

Mühsam brachte ich meine Geschichte heraus. Von der Kranken oben. Vielleicht würde einer der Herren einmal nach ihr sehen?

»Ich ganz gewiss nicht!«, erklärte Herr von Qualen übellaunig, während der Pastor zögernd aufstand und das Zimmer verließ.

In zwei Minuten war der Pastor wieder da. »Es sind die Blattern!«, meldete er, kreideweiß im Gesicht. »Die Wirtin sagt« –

Der andere ließ ihn nicht ausreden. Er stürzte ans Fenster, riss es auf und pfiff seinem Kutscher, dass er wieder anspannen sollte.

»Das eine Handpferd wird wohl draufgehen, da es lahmte, aber besser, dass ein Pferd krepiert, als dass wir die Blattern kriegen!«

Sehr schnell kam die Kalesche wieder vorgefahren, während der Wirt die Schultern hob. Es täte ihm leid, und die Krankheit wäre wohl eigentlich nicht schlimm. Die Frauensperson wäre ganz vergnügt gewesen, als sie mit zwei Herren hier angekommen wäre. Zwei Tage war's her. Aber in der Nacht war sie krank geworden, und die Herren hätten gemeint, sie wollten in die nächste Stadt fahren, um einen berühmten Doktor zu holen; sie wären aber nicht wiedergekommen, und Geld hätten sie gleichfalls nicht hier gelassen. Der Pastor berichtete mir, was der Wirt sagte. Er war selbst verstört, wenn auch nicht so sehr wie Herr von Qualen, der schon im Wagen saß und mich schalt, weil ich nicht einstieg. Dann kam ihm ein anderer Gedanke.

»Eigentlich sollten Sie ein wenig draußen bei Hinrich sitzen, Marquise. Die Nachtluft ist gesund, wenn man eben bei einer Schwerkranken war!«

»Ich gedenke hier zu bleiben!«

Ich sagte die Worte beinahe mechanisch, und Herr von Qualen riss dem Wirt die Laterne aus der Hand und leuchtete mir ins Gesicht.

»Sind Sie schon angesteckt, Marquise, und haben Sie den Verstand bereits verloren?«

Ich konnte nur den Kopf schütteln.

»Sie ist allein und ohne Pflege.«

»Eine Abenteurerin aus Frankreich, wie wir sie zu Dutzenden gehabt haben! Verzeihen Sie Marquise! Sie führen auch einen französischen Namen und könnten sich beleidigt fühlen. Aber im Grunde sind Sie doch eine Deutsche. Steigen Sie ein, ich will nicht länger warten!

Mon dieu, mir brennt schon das Gesicht! Magister, eilen Sie sich! Sie haben Frau und Kind – wollen Sie ihnen die Blattern bringen?«

Der Pastor zögerte einen Augenblick und sah mich an. Als ich aber nur den Kopf schüttelte, stieg er ein, und die Pferde zogen an. Ich stand allein im Dunkeln vor dem fremden hässlichen Haus.

Der Wirt, der jetzt neben mir stand, hob seine Laterne und betrachtete mich.

»Was will die Madame hier?«, fragte er hämisch. »Die Person oben muss sterben, und Geld hat sie nicht. Uns brachte sie die Krankheit, und wir haben den Schaden.«

Ich antwortete nicht, ging ins Haus und nach oben.

Koralie hatte sich ihr Bett wieder erkämpft. Brennend heiß lag sie in den Kissen und wimmerte nach Wasser. Ich gab ihr zu trinken und blieb die Nacht bei ihr. Niemand störte mich. Unten flüsterten die Wirtsleute, bis sie sich dann zur Ruhe legten. Im Stall brüllte eine Kuh, und die Hunde bellten. Dann fuhr Koralie wohl aus ihrem Hindämmern auf und schalt, dass man sie störte. Sie war gewohnt, dass alles um sie ruhig war, denn sie war eine Marquise von Brielle.

»Mein Vater ist der Marquis von Montmédy«, flüsterte sie. »Einer von den vornehmsten Royalisten. Er hatte bei den Septembertagen eine böse Verletzung bekommen, aber Charles versprach, ihn außer Landes zu bringen. Man konnte Charles nicht ganz vertrauen, weil er so geldgierig war, aber der Marquis würde schon wieder gesund werden und auf Charles achten.«

Der Marquis und Charles. Diese zwei kamen immer wieder in ihren Fantasien vor, wenn auch viele Bilder ihren Geist zu beunruhigen schienen. Rom, Hamburg, Wien – ein Name nach dem andern zog an ihrer Erinnerung vorüber, und hundert andere Namen flüsterte sie, die ich nicht kannte und nicht verstand. Es war wunderlich, hier zu sitzen und der Kranken manchmal das Zinngefäß mit Wasser zu reichen. Alte Erinnerungen erwachten, alte Gedanken und Wünsche standen auf, die lange tot sein sollten und begraben. Aber wir sterben doch nur mit unserm äußeren Menschen. Unsere Seele lebt, auch wenn wir sie tot glaubten.

Als der Morgen graute, stand die hässliche Wirtin neben mir und brachte mir heiße Milch. Sie sagte dabei einige Worte, die nicht unfreundlich klangen, zugleich aber fragte sie nach Geld. Als ich den Kopf schüttelte und versicherte, dass ich kein Geld hätte, wurde sie wieder feindselig. Sie wollte die Kranke nur behalten, wenn ich für sie bezahlte. Und sie deutete auf ein kleines, von hohen Bäumen fast verstecktes Haus, das noch weiter vom Orte entfernt lag als das ihre. Das war das Haus des Abdeckers, und dorthin musste die Kranke mit ihrer Krankheit. Der Wirt stellte sich neben die Frau und bestätigte, was sie sagte. Beide betrachteten mich argwöhnisch, aber auch gierig. Mein schwarzes Kleid, mein Hut, alles schien ihnen zu gefallen.

Es war töricht von mir gewesen, hier zu bleiben. Was ging mich eigentlich diese Frau an, die immer kränker, immer abschreckender wurde!

Die Wirtsleute bemerkten mein Zögern, meine Furcht. Dreist versuchte der Mann mich beim Arm zu fassen, aber ich riss mich los und eilte die Treppe hinunter. Was ich wollte, weiß ich nicht; vielleicht in den Ort laufen und um Hilfe bitten. Aber alle würden vor mir zurückschrecken. Die Blattern war ein böses Wort, ich hatte oft davon reden gehört.

Ich stand gerade in der Haustür, als ich die Gestalt eines Mannes über den Fahrweg auf mich zu schreiten sah. Er trug den Kopf gesenkt und ging mit Anstrengung, aber ich erkannte ihn gleich. Ich lief ihm entgegen und rief atemlos: »Peter Fuchs, du musst mir helfen!«

Er blieb stehen und sah mich starr an. Dann nahm er den breitkrempigen Hut vom Kopf und strich über seine Stirn.

»Also du bist es, kleine Puppe, die den gestrengen und den hochwürdigen Herrn so in Aufregung versetzt hat, dass ich durch eine Stafette aus meinem Morgenschlaf geweckt bin? Nach einer Verrückten sollte ich sehen, die sich die Blattern holen wollte. Also du bist es!«

»Weshalb sollte ich es nicht sein, Peter?« gab ich zurück. »Du würdest doch auch nicht eine alte Feindin im Stich lassen, wenn sie allein und verlassen ist!«

Hastig berichtete ich von Koralie, von den Wirten, von meiner Verlassenheit und er hörte mir aufmerksam zu.

»Ja, ja«, sagte er dann, »alte Feinde muss man eigentlich hübsch zu Tode pflegen, falls man Gelegenheit dazu hat. Besonders, wenn man sie dann in die Erde buddelt und ganz gewiss weiß, dass sie nicht wiederkommen! Seitdem der Bonaparte auf der englischen Insel ist, bin ich auch zufriedener geworden. Er ist nämlich daran schuld, dass ich nicht General oder noch was Besseres geworden bin, sondern Gott danken muss, als elender Kirchspielvogt mein Leben zu fristen.«

»Du bist also ein Beamter und kannst mich natürlich einmal wieder aus der Klemme ziehen!«, rief ich fast lachend, denn mir war leichter ums Herz geworden.

Und Peter Fuchs half. Vor der Obrigkeit wurden die Rücken krumm, und die Sterbende konnte bleiben, wo sie war. Peter schickte mir sogar ein altes Weiblein, das sich nicht vorm Tode fürchtete und bei Koralie blieb, wenn der Kirchspielvogt einen Spaziergang mit mir machte. Er wohnte ganz am Ende von Kellinghusen und war schlecht zu Fuß, aber er kam täglich zweimal, um nach mir zu sehen. Es war aber ein anderer Peter Fuchs als der, den ich einstmals gekannt hatte. Ein finsterer, mürrischer Mann war er geworden, ohne Freude am Leben, ohne ein besonderes Ziel. Aber ich merkte, dass er nicht gefragt werden wollte, und so unterließ ich es, mich nach seinen Schicksalen zu erkundigen.

Ich musste auch meistens an Koralie denken. Sie war sehr krank, und der herbeigerufene Arzt sagte, dass sie schwer leiden müsste, aber sie konnte nicht sterben. Vielleicht weil sie nicht wollte. Alle ihre Worte sprachen von wildem Lebenshunger. Sie war noch nicht fertig auf dieser Welt – sie wollte nicht fertig sein. Ihre Reden waren wüst und verworren, kaum die Hälfte konnte ich verstehen. Von Geld, von Vornehmheit sprach sie beständig, gelegentlich auch von Liebe – aber die war ihr immer Nebensache gewesen: Den Namen von Jean Barival nahm sie nicht in den Mund. Einmal kam ein lichter Augenblick, in dem sie mich vielleicht erkannte. Da stieß sie einen Schrei aus.

»Diese Aristo muss auf die Guillotine!«, rief sie, um gleich wieder in das wilde Gelächter auszubrechen, das unten im Hause zu hören war, und vor dem sogar die stumpfen Wirte davonliefen.

Aber dann kam doch das Ende. Koralie war still geworden und lag mit geschlossenen Augen. Plötzlich öffnete sie sie weit und deutete mit dem Finger auf die schmutzige Wand:

»Herr Marquis, Charles ist ein Betrüger! Ich weiß es, und Sie sollten nicht mit ihm gehen!«

Dann lachte sie. »Ach, die vielen Aristos, die sterben müssen! Es ist ihnen gesund!«

Mit diesen Worten ist sie aus dem Leben gegangen.

An demselben Tage noch haben wir Koralie auf dem kleinen Kirchhof begraben. Keine Glocke läutete, der Totengräber setzte den Sarg auf einen alten Karren; Peter und ich gingen hinterher. Ich war tief in Gedanken, und Peter war gleichgültig.

»Gut, dass sie tot ist, Marquise! Jetzt nehmen Sie ein Bad in Essigwasser und machen, dass Sie in Ihr Haus kommen! Vom Kloster Itzehoe habe ich einen Brief erhalten, in dem ich angehalten werde, Sie nicht ins adlige Stift reisen zu lassen. Die hochwürdigen Damen haben Angst, und niemand kann's ihnen verdenken. Wer ein gutes Leben hat, der mag nicht sterben!

»Weshalb nennst du mich eigentlich Sie, Peter?«, erkundigte ich mich erstaunt, und er bürstete an seinem groben Rock.

»Weil es sich nicht schickt, wenn ich vertraulich gegen eine Dame von Stande bin, Marquise. Wäre ich General geworden, würde ich vielleicht weiter »kleine Puppe« und dazu du sagen. Aber ein invalider Kapitän, der lange Zeit im Gefängnis saß und nur aus Gnaden noch in ein kleines Amt gesteckt worden ist, so einer darf sich nichts herausnehmen!«

»Aber du bist doch mein Jugendfreund und hast mir das Leben gerettet! Hier eigentlich auch, denn die liebenswürdigen Wirte hätten mich sehr schlecht behandelt, vielleicht auch getötet, wenn du nicht gekommen wärest!«

»Das war alles meine Pflicht!«, erwiderte er und sah dem Sarg nach, der gerade ins Grab gesenkt wurde. Ich faltete die Hände und sprach ein Gebet, und auch er senkte den Kopf und sah auf die gelbe, sandige Erde.

Peter Fuchs hat mir dann einen Wagen verschafft, und ich bin nach Plön gefahren. Einige Stunden gab er mir noch das Geleit, aber wir waren beide schweigsam geworden. Wir dachten wohl beide an das, was hinter uns lag; und wie die Wagenräder knirschend durch den Sand rollten, da hörte ich die Karren der Schreckenszeit wieder knarren, und eine große Trauer kam über mich.

Wie ich mit meinen Tränen kämpfte, begann Peter Fuchs zu sprechen:

»Nun gehen unsere Wege auseinander, Marquise, und es ist gut so. Denn Sie haben die Widerstandsfähigkeit der Frau und werden sich noch einen freundlichen Abend schaffen. Ich aber bin ein gebrochener Mann. In Nantes ist es gewesen, wo das Schicksal mich traf. Bis dahin lebte ich in den Tag hinein und gehorchte den Obern, wie man gehorchen musste. Was kümmerten mich die Vielen, die sterben mussten? Die Republik verlangte es, und sie musste es wissen. Als Carrier uns in Nantes befahl, dabei zu stehen und zu sehen, wie er seine Opfer ertränken ließ, machte ich mir anfangs nichts daraus. Bis ich die kleine Marguerite kennenlernte, bei deren Eltern ich im Quartier lag. Ihr Vater war Parlamentsrat und ein würdiger Mann, der über die wilde Wirtschaft den Kopf schüttelte und nicht begreifen konnte, dass wir den Revolutionsmännern gehorchten. Er ging zu Carrier, um ihm Vorstellungen zu machen; da wurde er gefangen genommen mit seiner Frau und seiner Tochter.«

Peter hielt inne und hörte auf das Schnauben der Pferde. Zwei große Vögel schwebten leise über uns – sie stießen einen heiseren Schrei aus und flogen gen Süden.

»Ich meinte, es wäre leicht, die Menschen zu retten. War ich nicht ein Kapitän in der Armee und konnte ich hier nicht ebenso gut meinen Willen durchsetzen wie damals in Paris, als ich Sie rettete? Aber hier war's anders als in Paris. Die meisten Menschen waren sinnlos vor Angst, die andern blutdürstig wie die Tiger. Ich habe mir wahnsinnige Mühe gegeben; merkte ich doch immer mehr, dass die kleine Marguerite« – Er hielt inne und schluckte. Dann warf er den Kopf in den Nacken und presste die Hände zusammen.

Es ist mir nicht gelungen; ich habe sie alle sterben sehen. Diesen abscheulichen, schamlosen, grauenhaften Tod. Mit dreißig Entkleideten zusammen auf einem Boot, das in der Mitte des Flusses auseinanderging. Am

Ufer stand das Militär und die wüste, heulende Menge. Es waren einige Soldaten, die sich murrend abwandten; auch sie wurden in den Fluss geworfen. Und ich war feige. Ich drückte weder Carrier noch seinen Helfershelfern die Kehle ab; ich sah die Schmach, das Elend und wusste nicht mehr, ob ich noch ein Herz in der Brust hatte oder einen Stein. Mein Regiment wurde bald aufs Land geschickt gegen die Royalisten. Carrier mochte selbst fühlen, dass wir keine Schlächter waren. Ich hab' versucht, zu vergessen; es ist mir nicht gelungen. Ich hatte keine Freude mehr am Soldatenhandwerk, am Krieg und am Sieg. – Mürrisch tat ich, was ich sollte, aber in der Nacht sah ich immer die schrecklichen Bilder. Sie waren wie eingebrannt in meinem Innern. Und manchmal sah die kleine Marguerite mich so vorwurfsvoll an, dass ich schrie wie ein gehetztes Tier. Das einzige, was mir noch lieb war, war die Republik. Für die hatte ich gearbeitet, hatte Schande auf mich geladen und meine Liebe gemordet. Dann kam Bonaparte und wollte keine Republik mehr: ein Kaiserreich mit Mummenschanz, mit Tand und Titeln, mit allem, was wir eben glücklich aus der Welt geschafft hatten. Da habe ich scharfe Worte gesprochen und andere mit mir. Ich war in Italien mit Bonaparte gewesen, in Ägypten; er hatte mich zum Obersten gemacht und lockte mich mit einem Generalspatent. Ich hab's nie erhalten. Als ich gegen den Konsul offen meine Meinung äußerte, bin ich ins Gefängnis gekommen und lange darin geblieben. Als ich zur Geburt des armen Kindes von Rom begnadigt wurde, hieß es, ich hätte kein Offizierspatent mehr; sollte versuchen, mir wieder eins zu verdienen. Da bin ich aus

Frankreich und nach Russland gegangen. Die Russen nahmen mich schon, schickten mich aber nach der Krim gegen Kirkisen und Kalmücken. Recht und schlecht habe ich ihnen gedient, bis ich wieder Kapitän war und eine kleine Pension beanspruchen konnte. Dann bin ich hierher gekommen. Von den großen Kriegen habe ich nichts gesehen, und ich wollte auch nicht. Gegen mein altes Regiment zu kämpfen, wäre mir doch schwer gewesen, und wenn ich mich auch freute, dass Bonapartes Zeit um war, so hätte ich doch nicht helfen mögen, den hochmütigen Bourbonen wieder auf seinen wackligen Thron zu setzen. Nun bin ich seit einigen Jahren hier. Ein russischer Herr, der Einfluss in Kopenhagen hat, und dem ich einmal einen Dienst leistete, verschaffte mir den Posten. Irgendwo muss man doch begraben werden!«

»Das könnte nun auch in Plön geschehen«, versuchte ich zu scherzen.

»Nein!« Seine Stimme klang hart, und ich sagte nichts mehr.

Dies schrieb ich gleich nach meiner verunglückten Reise, dann wurde ich schwer krank und vergaß alles, auch mein Tagebuch. Nur eins nicht: Koralies Worte über den Marquis und über Charles.

Als es mir wieder klar wurde, dass ich im Bett lag und der Genesung harrte, saß Tante Georgine neben mir und schalt mit mir.

»Sie sind eine exzentrische Frau!«, sagte sie mit ihrer behaglichen Stimme. »Was geht Sie eine Abenteurerin an, die irgendwo die Blattern kriegt und, wie verdient,

daran stirbt? Wir haben uns in Itzehoe sehr über Sie gewundert, Ottony, und unser Klosterpropst hat es durch-
gesetzt, dass nach den zwei Männern gesucht wurde,
die das arme Weib, nachdem sie krank wurde, verließen
und wohl auch ihr Hab und Gut mit sich nahmen. Aber
die Kerle sind spurlos verschwunden, und wenn auch
die Wirtsleute ins Gefängnis gesteckt sind, weil sie gewiss auch die Fremde beraubt haben, so wird sicherlich
nichts bei der Untersuchung herauskommen. Aber alle
diese Dinge haben viel Schreibereien erfordert, und unser Klosterschreiber soll ganz böse auf Sie sein. Denn
sonst lässt man bei uns die Fremden für sich selbst sorgen, und das ist auch das Vernünftigste. Mit andern sich
abgeben, bringt nur Verdruss!«

»Warum sitzen Sie denn bei mir und pflegen mich,
Tante Georgine?«, fragte ich müde, und die alte Dame
griff nach ihrem Strickzeug, das sie aus der Hand gelegt
hatte.

»Kind, ich bin eine alte Person, und wenn ich davon-
gehe, freut sich die Dame, die auf meinen Klosterposten
wartet. Das ist der Lauf der Welt, und ich bin auch sehr
vergnügt gewesen, als ich meine neunzigjährige Vor-
gängerin zu Grabe geleiten durfte. Also kann ich mich
wohl Ihrer annehmen, besonders, da Sie nicht die Blattern hatten, wie mir gemeldet wurde. Sie haben ein bisschen was im Kopf gehabt, viel Kopfweh und Fieber dabei, nun aber sagt der Doktor, dass Sie bald wieder gesund werden, besonders, wenn Sie sich selbst Mühe geben. Der arme Kammerherr ist todunglücklich, und Ihre
kleinen Mädchen müssen auch gepflegt werden.«

»Ich muss den Marquis von Montmédy suchen«, murmelte ich. »Da war noch jemand Fremdes im Kieler Armenhaus, aber Tante Amelie wollte ihn nicht sehen!«

Tante Georgine stieß einen tiefen Seufzer aus.

»Fangen Sie schon wieder an? Denken Sie doch einmal an unsern guten Herzog hier. Er hat jetzt Strumpfstricken gelernt, und die Beschäftigung macht ihm viel Vergnügen!«

Unwillkürlich musste ich lachen, und dann erzählte mir die gute Dame einige andere Geschichten, über denen ich einschlief. Aber im Traum suchte ich meinen armen Onkel und dachte an Charles, der ein Betrüger war.

Endlich aber saß ich im Garten, horchte auf die Vogelstimmen und wunderte mich, dass es schon wieder Frühling war.

Tante Georgine saß neben mir.

»Sie sind doch froh, wieder so weit zu sein, Ottony?«

Ich antwortete nicht gleich. Gewiss, ich war froh; aber war das Leben nicht eigentlich sehr leer? Ich dachte an Peter Fuchs, der nichts von mir wissen wollte, und an einen Mann, der mein Onkel war und vielleicht noch lebte in Armut, Dunkelheit und Niedrigkeit – und er hatte mich doch in sein Haus genommen, und das kleine Vermögen, von dem ich lebte, stammte von ihm.

»Ottony,« Tante Georgine räusperte sich. »Wissen Sie, dass Sie viel vor sich hingesprochen haben? Das kommt ja im Fieber vor, und dieser Peter Fuchs ist bekanntlich Kirchspielvogt in Kellinghusen und ein sehr wunderlicher Mann. Ehemals war er ein frecher Junge – wissen Sie noch? Nun, er ist ja weit in der Welt gekommen und hat wohl allerhand erlebt, das ihn menschenscheu macht. Sich mit ihm zu beschäftigen, ist eigentlich nicht der Mühe wert. Und was den Herrn Marquis betrifft, so wissen Sie doch, dass er in Kiel beerdigt ist, und dass Ihre Tante ihm einen Grabstein gesetzt hat?«

»Charles war ein Betrüger!«, murmelte ich, und die gute alte Dame strickte eine Weile, ehe sie antwortete.

»Ich will Ihnen mal was sagen, Kind. Ich habe an meine Cousine Anna Rantzau in Kiel geschrieben, die ein vernünftiges Frauenzimmer ist, und die dazu die ganze Obrigkeit der Stadt kennt. Sie ist ins Kieler Armenhaus gegangen und hat sich die unbekannten Leute dort vorführen lassen. Denn es sind in der Tat einige Alte da, die damals nach den abscheulichen Pariser Tagen in der Umgegend aufgefunden und in die Stadt abgeliefert worden sind. Es ist wirklich Sonderbares dort, zwei alte Frauen zum Beispiel, die verwirrt im Kopf sind, und von denen sich die eine eine Herzogin, die andere eine Gräfin nennt. Niemand aber hat je nach ihnen gefragt, und wenn sie wohl auch Französinnen sind und damals mit Hunderten herkamen, so müssen sie doch im Armenhaus bleiben bis an ihr Ende. Und dann ist dort auch ein alter Mann. Er hat eine tiefe Narbe über dem ganzen Kopf, und der Arzt sagt, dass sie ihm den Verstand gekostet hat. Er ist immer freundlich und zufrieden, gräbt den Garten im Frühling um, hat Stricken gelernt und hilft bei der Wäsche. Der Betvater – Sie wissen vielleicht nicht, dass der Vorsteher vom Armenhaus so genannt wird, obgleich er meistens wenig Luft zum Beten und mehr zum Prügeln hat – also der Betvater sagt, dass dieser Mann bei seinem Vorgänger eingeliefert ist. Er war in Lumpen, hatte keinen Pfennig Geld und war schwerkrank. Soviel ist ihm gesagt worden, und damals sind keine Bücher geführt – die Zeiten waren zu unruhig. Aber Anna Rantzau sagt, dieser Mann machte ihr den Eindruck, als könnte er wohl ein Edelmann sein. Still Kind!« Denn ich war in die Höhe gefahren.

»Still, Kind! Ich schäme mich beinahe, auf meine alten Tage so romantisch geworden zu sein, aber der Bürgermeister von Kiel hat erlaubt, dass dieser alte Mann einmal hierher kommt. Wir meinen nämlich, wenn Sie sehen, dass er's, den Sie suchen, nicht ist, dass Sie sich dann bescheiden und nicht immer von Traumgestalten heimgesucht werden!«

So ist es denn gekommen, dass schon am andern Tage ein sehr alter, dürftig gekleideter Mann in meinem Wohnzimmer saß und sich mit kindlichem Lächeln umsah. Es war windig draußen, aber die Sonne versuchte immer wieder, durch die Wolken zu scheinen. Dann warf sie zitternde Lichter an die Wand, auf die Bilder und Möbel. Ich hatte nicht viel von Paris mitgebracht, fast nichts von dem, das einst dem Marquis gehört hatte; das war alles gestohlen worden. Nur auf einer Konsole lag das Andachtsbuch der Frau von Lamballe, das Onkel Treusch mir gegeben hatte, und darauf stand eine kleine Kassette. Sie war aus Metall und von mittelmäßiger Arbeit. Ich hatte sie immer gehabt, so meinte ich wenigstens; aber wie jetzt die Sonne auf ihren Beschlägen funkelte, sah ich, wie der Armenhäusler, der sich scheu umsah, plötzlich seine Blicke auf sie richtete. Er sah nichts von den Bildern an der Wand, er ging auf diesen Kasten zu, nahm ihn vom Brett und drückte an seinem Verschluss. Der Deckel sprang auf, es war nichts darin. Er zuckte die Achseln.

»Alles verloren!«, sagte er auf Französisch und stellte den Kasten wieder an seinen Platz.

Und dann wusste ich, dass mir der Onkel jene Kassette in den Septembertagen gegeben, und dass ich sie verborgen hatte. Nach ihr griff der alte Mann mit dem schmalen, vornehmen Gesicht mit der entsetzlichen Narbe, die über Stirn und Kopf lief und unter den dünnen weißen Haaren zu sehen war.

»Onkel Heribert!«, rief ich und fasste seinen Arm. Aber er sah mich mit leeren Augen an und antwortete nicht.

War er's, war er es nicht? Ich glaubte, ihn zu erkennen; aber die vielen Jahre hatten ihn ganz verändert. Dazu die entsetzliche Wunde, die schwere Erkrankung, Hunger, Kummer und unsagbares Elend. – Wie ich diese Worte schreibe, sitzt der alte Mann neben mir und hält die Kassette wiederum in der Hand. Sein Gesicht ist nachdenklich geworden; und seine Glieder zittern. Wie ich ihm den silbernen Becher mit dem Wappen der Montmédy reiche, lässt er die Sonne auf ihm spielen – weiter nichts!

Ich nenne ihn Onkel Heribert, und ich habe ihn im Hause behalten. Die Menschen lachen über mich und nennen mich verrückt, aber das schadet nichts. Ich bin so ruhig geworden und kann über Tante Georgine. Von Kiel ist die Anfrage gekommen, ob ich den alten namenlosen Mann wirklich für immer behalten wollte, und ich habe bejahend geantwortet. Ich glaube, dass Onkel Heribert sich zufrieden fühlt. Er ist nicht mehr so mager, und er kann lächeln, wenn eins der kleinen Mädchen ihn an die Hand fasst. Der Arzt sagt auch, dass er bei mir besser aufgehoben ist, und ich würde niemals ruhig schlafen, wenn ich ihn unter fremden, armseligen Menschen wüsste.

* * *

Heute ist Weihnachtsabend, und die Kleinen haben Lieder aufgesagt und Kuchen bekommen. Onkel Treusch bringt mir einen kleinen dicken Beutel. Es ist Silbergeld darin.

»Ich habe ja noch immer Amelies Geld!«, entschuldigt er sich. »Es ist mehr, als ich gebrauche. Und du nimmst lauter Fremde ins Haus!« Er ist nämlich noch immer vorwurfsvoll wegen des armen Heribert, den er natürlich nicht für den Bruder seiner Amelie hält.

Dankend nehme ich das Geld. Es ist wahr – ich habe schon von meinem kleinen Vermögen aufnehmen müssen, obgleich wir sparsam leben.

Onkel Ferdinand freut sich, dass ich nicht stolz ablehne, und berichtet von seinem Testament. Ich soll alles erben. Wenn er tot ist, kann ich noch irgendjemand aus dem Armenhause dazunehmen.

Ich lache nur und führe ihn in unser kleines Wohnzimmer. Heute brennen drei Lichter darin anstatt eins; der Tisch ist weiß gedeckt, und die Magd bringt den süßen Milchreis, auf den die Kleinen sich seit Tagen freuen. Onkel Heribert ist gleichfalls da. Sitzt in seiner Lieblingsecke und lächelt freundlich. Ich führe ihn an den

Tisch, denn seit einigen Tagen ist er unsicher beim Gehen geworden. Wie er aber vor seinem gefüllten Teller sitzt, isst er mit Behagen. Der alte Kammerherr sieht misstrauisch auf den Alten, der aber den Löffel ordentlich zum Munde führt und sich gerade so gesittet benimmt wie der Hofmann des hiesigen Herzogs. Draußen beginnen die Glocken zu läuten: Um sechs Uhr ist Gottesdienst, und meine Magd steckt den Kopf zur Tür herein, um zu melden, dass sie in die Kirche ginge. Sie wirft die Tür hastig ins Schloss, die Wände zittern ein wenig, und die Kassette auf dem Wandbrett fällt klirrend auf die Erde. Die Kassette, die Heribert immer wieder betrachtet. Hastig springt er auf, um das Kästchen aufzuheben; plötzlich schwankt er und fällt schwer gegen einen Stuhl.

Wir springen alle hinzu und richten ihn auf. Sein Kopf blutet, und er stößt nur einen tiefen Seufzer aus. –

Neujahr.

Gestern Abend ist der Marquis von Montmédy nach langer Bewusstlosigkeit wieder zur Besinnung gekommen. Ich saß neben seinem Bett, und der junge ernsthafte Arzt stand vor ihm. Bis dahin wussten wir nur durch seinen Atem, dass er lebte; auch trank er ein wenig Milch und schweren Wein, der ihm löffelweise eingeflößt wurde. Aber jetzt lag er mit weit geöffneten Augen und faltete seine Hände. Ich beugte mich über ihn.

»Ich bin Ottony!«, sagte ich leise, und er neigte den Kopf.

»Ich weiß! Du wirst mit deiner Tante hier im Hause bleiben, während ich mit Charles« – – Er hielt inne und atmete schwer.

Dann begann er von Neuem:

»Charles hat mir versprochen – – hat mir versprochen« – – – Wieder kam die Pause.

»Ich gab ihm Geld und werde ihm noch mehr geben. Auch Koralie – – man soll sich ihrer annehmen, denn« –

Es war totenstill im Zimmer. Der Arzt und ich hielten den Atem an: Nur eine Fliege summte schwerfällig an uns vorüber und schlug gegen die Fensterscheibe.

Der Marquis fuhr in die Höhe.

»Sie kommen! Sie wollen mich vors Gericht zerren! Ich tat ihnen nichts! Ich folge ihnen – – Gott sei mir gnädig!«

Er saß aufrecht im Bett und griff nach seinem Kopf. Dann atmete er kurz auf und fiel zurück. Er war tot.

* * *

Mein Onkel, der Marquis von Montmédy, ist auf dem Kirchhof der Neustadt bestattet worden. Neben dem Platz, wo Tante Amelie ruht, und wo auch ich einmal zu schlafen gedenke, bis zum Tage des letzten Gerichts. Wir haben ihm keinen Grabstein mit Titeln und Würden gegeben; der steht in Kiel auf dem Grabe eines Verräters. Was macht es? In hundert Jahren weiß doch niemand mehr von den Menschen, die einstmals über die Erde wandelten, von ihrem Leben, ihren Schmerzen. Aber ich bin so dankbar, dass ich ihn noch bei mir haben konnte, den Fremdling, der hier fremd bleiben sollte, bis er heimkehrte. Ich danke ihnen allen: Tante Georgine und auch Koralie. Denn ohne sie wäre der Gedanke an den Onkel nicht mehr in mir erweckt worden. Ja, ich bin dankbar!

* * *

Frühjahr.

Heute kam eine Stafette von Tante Georgine. Ein Brief mit zitteriger Hand geschrieben.

»Liebe Ottony, ich werde blind und taub; kein guter Zustand, aber ich muss ihn hinnehmen. Können Sie nicht einmal kommen? Im Krankenhaus liegt auch ein Mann, der immer von Ihnen reden soll. Kann nicht leben und sterben, und der Doktor sagt, dass er vielleicht noch einmal lebendig gemacht werden kann, weil er noch in guten Jahren ist.

Heißt Peter Fuchs und ist Kirchspielvogt in Kellinghusen. Kommen Sie zu mir, und kommen Sie zu ihm – wir sehnen uns. Ich mit lauter Stimme und er innerlich. – Es ist aber wohl dasselbe.«

* * *

Ich fahre noch heute.